アディオス！ジャパン

日本はなぜ凋落したのか

真山 仁

¡Adiós! Japan

by Jin Mayama

毎日新聞出版

アディオス！ジャパン

日本はなぜ凋落したのか

チパング〔日本国〕は、東のかた、大陸から千五百マイルの大洋中にある、とても大きな島である。住民は皮膚の色が白く礼節の正しい優雅な偶像教徒であって、独立国をなし、自己の国王をいただいている。この国ではいたる所に黄金が見つかるものだから、国人は誰でも莫大な黄金を所有している。

マルコ・ポーロ『〔完訳〕東方見聞録2』

（平凡社ライブラリー　愛宕松男訳）より

外からの視点でニッポンを見つめてみる

ニッポンは、なぜダメになったんだろう——。

「週刊エコノミスト」での連載が決まって、「不甲斐ない日本に物申すようなエッセイを、写真と共に綴りたい」というテーマを執筆するたびに、私が問い続けたことだ。

バブル経済崩壊後？

リーマン・ショック？

東日本大震災後？

そのいずれもが原因のようにも思えるが、そもそも既にダメだったんじゃないのかという気もする。

たとえば、日本は市民革命を一度も経験せずに近代化したから、民主主義を誤解しているし、自由や権利、そして義務の認識が甘いとも言われている。

考えれば考えるほど、もしかして、日本とは、随分前からダメダメな歴史を刻んできたのではないのだろうかとまで思えてきた。

しかし、16世紀の世界は我が国を、黄金の国、ジパングと呼んだ。

時には神の国と言う人もいた。

開闢《かいびゃく》以来、一度も国家を蹂躙されず（戦後のGHQの統治はあるが、いわゆる植民地ではない）、極めて稀有な同一価値観同一文化という国家の歴史を刻んできた。

戦争で、国土の大半が消失しても、その後、戦勝国が首都に乗り込んできても、ニッポンという国家の形は揺るがなかった。

なのに、今ではすっかりダメになっている⁉

いや、それは私の大いなる勘違いで、しっかりと目を見開けば今なお世界に冠たるジパングの姿が現れるかもしれない。

そこで、ここが歴史の分岐点かと思われる出来事を、時系列を無視して、好奇心のおもむくままに調べてみた。

最初に取り上げたのは、名優チャールズ・チャップリンの初来日だった。

日本の分岐点を検証する連載の冒頭が、なぜチャップリンなのか。

それは、日本という国は、外国と接した時に、その素顔の片鱗を見せるからだ。

そして、外国文化や外国人と接することで、様々な化学反応を起こす。

時にプラスに働くし、時に自国の愚かさが、如実に顕在化する。
何が日本を凋落させたのか——という問いに答えるのは、難しい。
それは一体何かを、一緒に考えて戴きたい。

カバー写真　真山　仁
帯・カバー写真（著者近影）　ホンゴユウジ
装丁　坂脇　慶
有佐祐樹
本文デザイン・ＤＴＰ　熊谷結花
校正　有賀喜久子

目次

アディオス! ジャパン　日本はなぜ凋落したのか

Episode 8

Episode 9

本書は「週刊エコノミスト」(2016年5月10日号~2018年3月27日号)掲載の連載を書籍化にあたり加筆・改題しまとめたものです。事実関係は連載当時に準じます。

EPISODE 1

変凹君《へんてこ》ニッポン漫遊記

［週刊エコノミスト：2016年5月10日号〜6月21日号］

照国丸で神戸に入港したチャップリン（1932年5月14日）　©毎日新聞社

港が世界の人と文化を繋いだ時代、あの男がやってきた！

その昔、世界に繋がる扉は、港にあった――。

貿易はもちろん、人も情報も文化、すべては港に入る船がもたらしたのだ。

インターネットによって、情報が瞬時に世界に行き渡り、飛行機を使えば世界一周もさほど苦労でない現代人にとっては、船便がもたらす情報など「利用価値」がないかもしれない。

だが戦前までは、海の向こうからもたらされる「舶来」は、日本人の価値観を変えるほどの強烈な衝撃を与えたのだ。この興奮や感動を忘れたことから、日本の傲慢と退廃が始まったとも言える。

１９５８年（安政５年）日米修好通商条約によって開港した神戸港は、２０１７年（平成29年）に開港１５０年を迎えた。戦前までは欧州航路の起点の一つで、舶来があふれていた。

日清戦争後には、香港・上海を凌ぐ東洋最大の港へと発展し、「鈴木商店」に代表される商社が隆盛した。やがて、ロンドン・ニューヨーク・ハンブルクと並ぶ世界4大海運都市として世界に名を馳せる。

その勢いは戦後も衰えることはなかった。アジア最大のハブ港（中核拠点）として日本の高度経済成長を支え、長年東洋一のコンテナ取扱量を誇った。ところが、1995年（平成7年）に発生した阪神・淡路大震災により、コンテナターミナルがあった摩耶《まや》埠頭が壊滅。それにより東アジア最大のハブ港の座を釜山《プサン》に奪われてしまった。


話を戦前に戻す。経済だけでなく文化の玄関口でもあった神戸港には、ヨーロッパで一旗揚げたい日本人が全国から集まってきた。文豪・島崎藤村《しまざきとうそん》や天才少女と言われたバイオリニストの諏訪根自子《すわねじこ》らは、夢と希望を抱いてここから旅立った。

そして来日する世界的スターや著名人もこの港に降り立った。中でも日本中を熱狂させたのは、チャールズ・チャップリンだ。世界的喜劇王であるチャップリンは、秘書が日本人だったこともあって、大の親日家だった。

のちに代表作と言われる「街の灯」の上映を米国で見届けて、世界一周の旅に出た彼が神戸港に到着したのは、1932年（昭和7年）5月14日の朝だった。出迎えたファンは数万人にも及んだという。

旅の疲れも見せず、チャップリンは観衆に笑顔で手を振り、午前10時12分、初めて日本の土を踏んだ。

この時、日本が軍国主義に傾斜する大事件が翌日に起きることなど誰が予測できただろう。「変凹君《へんてこ》」とあだ名された世界の喜劇王は、あの「五・一五事件」の前日に東京を目指したのだ。

チャップリン暗殺計画を知った秘書の奇策

5月14日夜——東京駅に到着したチャップリンは、1万人以上のファンの歓声と興奮でもみくちゃにされながら車に乗り込み、帝国ホテルを目指した。

その途上、車は二重橋の手前で停車する。チャップリンは車から降りると、二重橋から皇居に向かって深々と拝礼した。

この行動についてチャップリンの自伝には、最も信頼する秘書の高野《こうの》虎市《とらいち》が突然、降車して皇居を拝んでくれと頼んできたと記されている。

この時、チャップリンが「それが習慣なのか」と尋ねると、高野は「そうです」とだけ答えた。それでチャップリンは素直に従ったという。

一体、なぜそこまで高野は皇居遙拝《ようはい》にこだわったのか。

チャップリンは「五・一五事件」の主犯である青年将校たちのターゲットの一人だったのだ。作家の妄想ではない。事件後の裁判で主犯の古賀清志《こがきよし》海軍中尉は、「チャップリンを暗殺すれば、日米戦争が起こせると思った」と証言している。

日本への訪問が決まった時、我が主であるチャップリンが本当に受け入れられるのかを懸念して、秘書の高野は日本に先乗りした。

そして、調べるうちに「チャップリンを暗殺しようという動きがある」という噂を聞きつける。本来であれば、来日を諦めるように説得するのが秘書の役目だろう。だが、高野は主人に、日本を見せたいという思いが強かったようだ。それに、すべてにおいて気まぐれなチャップリンは、暗殺計画があると聞いて来日を諦めるような人物ではなかった。

だとすれば、暗殺計画を阻止するしかない。

そこで高野は、軍や右翼思想に詳しい人たちに相談し、チャップリンは天皇陛下に敬意を表する真の親日家である、という印象を与えるようアドバイスされる。

チャップリンは「国際主義者」と自ら名乗り、そのスタンスを貫いた。にもかかわらず秘書が考えた苦肉の策に素直に応じたチャップリンの勘の良さも、運を引き寄せたのかもしれない。

それにしても、喜劇王暗殺で戦争を起こそうなどと考える青年将校らの短絡ぶりには言葉もない。二度の戦争の「勝利」で勘違いした日本の危うさを象徴しているようだ。

そしてもう一つ、高野はチャップリンを守るための計画を立てていた。それは、総理大臣との会食だった。

総理主催の歓迎会をドタキャン！　向かった先は「お相撲！」

1932年（昭和7年）5月15日朝、内閣総理大臣犬養毅《いぬかいつよし》の長男で秘書官を務める健《たける》が、帝国ホテルでチャップリンと会っている。総理官邸で催す歓迎会にチャップリンを招待していたので、その打ち合わせに訪れたのだ。

ところが、チャップリンは突然、歓迎会に行かないと言い出した。同行している実兄シドニーの鞄を誰かが物色した形跡があったことで気分を害したというのが、欠席の理由だ。

チャップリンの気まぐれは、日常茶飯事だ。そして、一度言い出したら引かない性格だ。仕

旧両国国技館前。中庭にあるサークルは昔の土俵（筆者撮影）

方なく、秘書の高野虎市は健にその旨を伝え、歓迎会は17日に延期された。

それから彼は「相撲を見たい！」と言い出し、シドニーと高野と共に両国国技館に向かった。

この時チャップリンが訪れた両国国技館は、現在のもの（東京都墨田区横網）とは異なる。初代両国国技館は回向院という浄土真宗の寺院の境内にあった。１９０９年（明治42年）に完成したのだが、１９１７年（大正6年）に火事で、１９２３年（大正12年）には関東大震災で焼失、翌24年（大正13年）に再建されている。

映画にも拳闘などの格闘シーンを取り込むほどの格闘技好きのチャップリンは、関取同士の戦いに大興奮したようだ。取組が終わる度に「アウイ!」という奇声を上げた。

相撲をたっぷり堪能した後、チャップリン一行がホテルに戻ったのは、午後5時30分だった。本来ならば、首相官邸で犬養首相らと晩餐《ばんさん》の最中の時刻だ。

まさにその頃、武装した青年将校ら5人が首相官邸の表門車寄せに到着していた。気まぐれが自らの命を救う——。それは強運ゆえなのだろうか。それとも歴史が、チャップリンの活躍をなおも必要としたからだろうか。

チャップリンが犬養首相襲撃の事実を知ったのは、その日の夜遅くだ。女給たちと戯れていた銀座のカフェ「サロン春」に記者が詰めかけ、凶報を知った。

この日チャップリンの歓迎会が予定されていたことを知っていた記者が「あなたも殺されていたかもしれない」と質問したが、チャップリンは無言を貫いた。

「今の若い者をもう一度呼んで来い、よく話して聞かせる」

1932年（昭和7年）5月15日午後5時27分、一台の車が首相官邸表門の車寄せに停まった。車から飛び出してきた5人の青年将校は、誰何《すいか》した警備警官に向けて発砲し、官邸に乱入した――。

この季節の午後5時30分と言えば、日暮れ前だ。そんな時刻に堂々と暴徒が発砲した上で、官邸内にあっさり入ってしまったという事実に驚愕する。

事件後、新総理に就任した斎藤実《さいとうまこと》を訪ねたチャップリンは、「官邸の警備を厳重にすべきでは」と伝えたそうだ。しかし、それは無視され、斎藤は「二・二六事件」の犠牲者になっている。

さて、「五・一五事件」だが、首謀者は海軍の青年将校や陸軍士官学校生らだ。果たして彼らがどんな思いで、総理殺害に至ったのか。

犯行直前には、『日本國民に檄す日本國民よ』と題し「祖國日本を直視せよ立て！　眞の日本を建設せよ！　昭和七年五月十五日陸軍海軍青年將校同志」と書いたビラもまいている。

だが、彼らの行動は革命としては稚拙で、むしろテロと言ってもいいだろう。

事件は、軍上層部が関与しない一部の跳ねっ返りの青年将校による犯行として処理された。これはあくまでも表向きの口実で、実行犯に資金提供した右翼や、叛乱の動きを事前に知りながら、積極的に止めようとしなかった軍幹部の存在を忘れてはならない。

既に、満州事変で世界から孤立しつつあった時期だけに、軍としてはこの事件を機に軍国主義国家へと舵を切りたかったのかもしれない。

そして、憲政の神様とまで讃えられた犬養毅の暗殺によって、日本における民主主義の芽は無惨にもむしり取られてしまう。

腹と頭に銃弾を受け瀕死の犬養総理は、「今の若い者をもう一度呼んで来い、よく話して聞かせる」と強い口調で言ったそうだ。

政治とはコミュニケーションであり、相容れない主義を持つ相手でも、その立場を理解した上で、互いが歩み寄れば、成果が生まれる。

それを無謀な銃弾が、木っ端微塵に破壊した。

現代は、情報化が進んで成熟したコミュニケーション社会のように思われている。だが、実際は、コミュニケーションの本質が希薄になっている気がしてならない。

グローバル社会では、深い相互理解がなければ、コミュニケーションすら不可能だ。

そして日本人は情報氾濫の洪水に溺れている。その結果、正しい情報に飢え、自分が「正しい！」と思えるものは、それに盲目的に縋るばかりで、それが独善的で、身勝手なものだということに気づかない。

やがて、他者の意見を冷静に聞く余裕をなくし、異論を唱える者、特に批判者を排除したいという強い思いに駆られてしまう。

この衝動こそ、「五・一五事件」の構図そのものだ。現代社会は平和で多様性に富んでいるにもかかわらず、生活は息苦しく、未来に不安があるのは、当時と大差ないかもしれない。

そして、薄っぺらい正しさを声高に吹聴する権力者や一部評論家が、国民には救世主に思えてしまう。

得体の知れぬ不安から逃れるための最大の楯は、声高な主張ではなく、互いに誠実な意思の疎通だ。

それが出来なければ、我が国は、いつか来た道を、いずれ辿ることになる。

それは、言論より暴力が社会を支配する絶望の道だ。

「暴力も軍国主義も知ったことか。僕は好きにやるさ」

1932年（昭和7年）5月16日、チャップリンは官邸を弔問している。血痕が残る部屋に暫く黙ってたたずんだ喜劇王の脳裏に浮かんだであろう光景はどんなものだったのか。その後も彼は日本を離れようとしなかった。自身も暗殺のターゲットになっていたのを、薄々承知していたにもかかわらずだ。

想像にすぎないが、それがチャップリンの矜持《きょうじ》だったのではないだろうか。暴力にも軍国主義にも屈しない。やりたいことをやる――と言わんばかりに、彼は日本文化の吸収に貪欲だった。

16日は、東京市美術館で開催中だった「葛飾北斎生誕170年記念浮世絵展」を見学。夜には、来日前から最も楽しみにしていた歌舞伎鑑賞を満喫し、歌舞伎座で「茨木」や「仮名手本忠臣蔵」を楽しんだ。舞台を務めていたのは、当時の二大俳優である六代目尾上菊五郎《おのえきくごろう》と初代中村吉右衛門《きちえもん》だった。「きれい、言葉が出ない！」と大喜びで芝居を堪能した後、両者の楽屋を訪ねて談笑もしている。

さらに5月19日午後、「外国を訪れたら必ず見学する」という刑務所にも足を運ぶ。一国の文化水準は監獄を見れば理解できる――というのがチャップリンの持論で、この日に訪れた小菅刑務所は「世界一明るい素晴らしい刑務所だ」と絶賛したらしい。

帰国後、最初に手がけた映画「モダン・タイムス」に刑務所の場面があるが、小菅刑務所が参考になったのかもしれない。

その後も、芝居見物や京都旅行、箱根温泉旅行などなど、チャップリンは精力的に日本を満喫する。

それにしても、彼は日本漫遊を心から楽しめたのだろうか。

彼の滞在期間に起きたことを考えると、もしかしたら、「心から日本を堪能する映画スター」を演じていたのかもしれない。

ただ、どんな心情であったにせよ、チャップリンは喜劇王として自由人として、暴力に屈しなかった姿を世界にアピールしたのは間違いない。

そしてチャップリンなりに「欲界・色界・無色界の三界《さんがい》の迷界にある衆生はすべて苦に悩んでいる。私はこの苦の衆生を安んずるために誕生したのだから、尊いのである」という唯我独尊の境地を会得していたというのは、妄想が過ぎるだろうか。

大好物エビの天ぷら30本完食の夜

2週間余りの日本滞在で、チャップリンが一番気に入ったのが「天ぷら」だった。最初に天ぷらを食べたのは、「五・一五事件」の翌日だったらしい。

千葉伸夫著『チャプリンが日本を走った』によると、チャップリンは天ぷらの魅力を「あのシューッという音がいいんですよ」と語り、「揚げたての天ぷらの油を落としてから、すぐ食べるのがうまいんです」と目を細めたという。

帰国を前に、故犬養毅の息子、健がチャップリンを、日本橋浜町にあったお座敷天ぷら「天ぷら　花長《はなちょう》」に招待した。同店では、料理人が座敷に出張って客の前で天ぷらを揚げて提供していた。

とりわけエビの天ぷらが気に入っていたチャップリンは、その日はエビの天ぷらを30本、キス4枚を一人で平らげた。花長でエビの天ぷらに舌鼓を打つチャップリンに犬養健が「日本で

かつて「天ぷら　花長」があったところはビルに。現在の店舗は東京都大田区東糀谷にある（筆者撮影）

チャップリンが一度に30本もたいらげたというエビの天ぷらの味は、今もなおしっかりと受け継がれている（筆者撮影）

何を覚えましたか」と尋ねたところ、チャップリンはいきなり盆を取り出して踊り出した。

　どじょうすくいだった。

　日本人顔負けのパフォーマンスに健は、このエピソードを後々まで話題にした。

「チャップリンさんは、4度来日されていますが、滞在中には何度もご来店くださいました」と四代目花長の主、本多《ほんだ》由明《よしあき》さん（73）は話す。来店数は合計17回、最後に来日した1961年（昭和36年）には、本多さんご自身も店でチャップリンに会っている。

「本当においしそうに召し上がるその表情が忘れられない」と言う。

6月2日、横浜港からチャップリンは氷川丸に乗り込み、アメリカへと帰国の途についた。終始上機嫌を崩さなかったチャップリンだが、「大きな宿題」を抱えての帰国だったと思われる。

それは、喜劇王としてファシズムとどう向き合うのか——という葛藤だった。命を狙われたことなど気にもしないように振る舞ったチャップリンの心中は、やがて映画で明かされることになる。

映画「独裁者」に込められたチャップリンの痛切な怒りと願い

チャップリンが、世界一周の旅を通じてどれほどの刺激を得たのかは、帰国後発表した2本の映画に示されている。

1936年（昭和11年）に発表した「モダン・タイムス」は、機械文明が人間社会を呑《の》み込んでいくという未来を予言した。インドでマハトマ・ガンジーと面談した際に話し合った危機感を映画化したものだったが、観客動員はふるわなかった。

それ以上に不評だったのが、１９４０年（昭和15年）に発表した「独裁者」だ。ファシズムの象徴であるアドルフ・ヒトラーを徹底的に皮肉った傑作で、勇気を持って民主主義と平和を守れというラストの演説は感動的だ。ところが、世界は同作品を認めなかった。なぜなら当時は、共産国家ソ連を駆逐し、「カネの亡者で世界中で嫌われている」ユダヤ人を排除するヒトラーは、「独裁者」ではなく、「英雄」だとみなされていたからだ。日本でも同様に不評で、公開されたのは20年も経ってからだ。

この作品には、日本で暗殺のターゲットになりながら、何事もなかったごとく振る舞ったチャップリンが、日本国民に伝えたかったメッセージが込められている。

チャップリン研究者として世界的に知られる大野《おおの》裕之《ひろゆき》氏の『チャップリン暗殺　5・15事件で誰よりも狙われた男』の中に、印象的なエピソードがある。

初めて神戸港にチャップリンが降り立った時、日本人記者が「君のユーモアによって、世界を救えばいいじゃないか！」と言ったそうだ。その言葉を、チャップリンはとても気にしていたらしい。

ファシズムの足音、戦争をすることで経済的窮乏から脱したいというムード、そして、米国と戦争する大義名分として自身が命を狙われた恐怖を、果たしてユーモアで撥《は》ねのけられるのか――。その重い命題に、彼は映画「独裁者」で答えてみせた。

時が流れ、なんとも不穏なムードが世界に漂う現代社会の中で、チャップリンのような人物が現れるのだろうか。

権力者の横暴や暴走に異を唱えなければ、エンターテインメント作品の価値がない――。

「そんな勇気と誇りを、君は持ってるかい？」

天国にいるチャップリンに、挑発されている気がしてならない。

クイーン・エリザベス２号なども寄港する神戸港だが、
もはや昔日の賑わいはない。港の復権が、グローバル社会
を考えるヒントにならないだろうか（筆者撮影）

EPISODE 2

ミャンマーは民主主義の学校か

［週刊エコノミスト：2016年6月28日号〜7月12日号］

ヤンゴンのＮＬＤ本部前に立てかけられた
スー・チー氏の肖像画（筆者撮影）

開かれた扉——アウンサンスーチー氏はどこへ行く？

２０１６年（平成28年）３月、いま東南アジアで最も注目を集めている国、ミャンマーを訪ねた。

東南アジア最後のビジネスチャンスの宝庫とか、不動産投資の最適地と言われているが、私が知りたかったのは、彼の地の民主主義だ。

軍事政権による独裁が終わり、民主化のヒロインであるアウンサンスーチー氏率いるＮＬＤ（国民民主連盟）が選挙で大勝、政権を奪取したのはつい最近のことだ。

今後一気に民主化が進むと予想されており、スーチー氏がどんな民主化を実現するのか興味は尽きない。

だが、国民は意外に冷静だ。

「ミャンマーが発展できるかどうかはスーチー氏にかかっている。でも、彼女が本当に私たちを幸せにしてくれるかはわからない」という声をあちこちで耳にした。

あまりにも長い圧政を耐えてきたことによる諦観《ていかん》が影響しているのかもしれない。また、「彼女の目的は民主化そのもので、経済成長には興味はない」と分析する人もいる。

外国人である私にミャンマー人の本音なんて簡単にはわからないが、少なくとも肌で感じるのは、「全てがスーチー氏次第」という、どこか他人まかせのムードだ。

スーチー氏自身は、「国に期待する前に、国に対して何ができるかを考えてほしい」というジョン・F・ケネディばりのメッセージを発信しているが、果たして国民に届いているのかどうかは疑問である。

それより、多くの国民は実利的な豊かさを求めている。

もちろんNLD幹部らも国民の欲求は理解しているが、スーチー氏はむしろ、先進国の進出ラッシュを警戒しているようだ。

それは、重要な閣僚ポストを兼務するスーチー氏のスタンスを見ると理解ができるが、同時に一抹の不安がよぎる。

これが、彼女が理想とした民主化の姿なのだろうか……。

議員でもない人物を国会で選ぶ大統領選挙の不可解

日本で最も有名なミャンマーの都市は、ヤンゴンだろう。かつてラングーンと呼ばれた同市は、２００６年（平成18年）までは首都として栄えたが、以降はヤンゴンから約３５０キロ離れた北部の街、ネピドーに遷都されている。

何もかもが巨大な造りのネピドーは、その巨大さと反比例して人口が極端に少なく、無人の未来都市というようなたたずまいである。その都で２０１６年（平成28年）３月、ミャンマーの大統領選挙が実施された。幸運にも、それを国会内で傍聴する機会を得た。

まるで古代の神殿のような巨大建築物の国会議事堂に上院下院議員が集まり、投票によって大統領が選出される。

歴史的瞬間に遭遇できることで興奮していたのだが、やがてある違和感に思い当たった。

議会が大統領を選ぶって、おかしくないか？

議会が選ぶのは、内閣総理大臣じゃないのか。

しかも、投票の結果大統領に選ばれたティンチョー氏は、国会議員ではない。ますます変だ。

だが、憲法でそう定められているのだから、それでいいのだとミャンマーの国民は疑問を抱かない。

大統領は行政府の長として、本来は国民による選挙で決まるものだ。そして、立法府の代表として首相、あるいは下院議長がいるから、三権分立が成立するはずなのだが……。ミャンマーには首相が存在しないのだ。長き軍事独裁の弊害なのだろうか。

しかも、家族全員がミャンマー国籍でなければ、大統領に立候補できないとも憲法が定めている。だから、アウンサンスーチー氏は大統領になれなかった。夫や息子らが英国籍のスーチー氏が大統領に就かぬよう、軍事政権が憲法にそういう条項を入れたらしい。

ミャンマーがついに民主化されたと世間は騒ぐが、この調子では本当の民主主義が訪れるのは随分先の話だろう。

では、翻って、一部の政治家が主唱している日本の「首相公選制」は、どうだろうか。

本来、公選で選ぶなら、大統領であるはずなのに、我が国では総理を選挙で選ぶ。そんな政治制度は他国には存在しない。

しかし、民主主義国家を標榜《ひょうぼう》する日本では、その制度を問題視する人は少ない。程度の差こそあれど、実は根本的な問題はミャンマーと五十歩百歩なのだ。

大切なのは「来世」というミャンマーで現世利益は不要か

ミャンマー人の人生最大の功徳とは、パゴダを建てることだと言われている。パゴダは釈迦《しゃか》が住む家とされ、敬虔《けいけん》な仏教徒が大半のミャンマー国民にとって精神的支柱である。

黄金の仏塔の先端には宝石がちりばめられているが、それは人々の信仰の証しでもある。大切なのは「来世」であり、そのために今を真面目に清貧に生きるという宗教観を持ったミャンマー人は、来世のために貴石などの私財を惜しみなく寄進する。

ある日系企業の社長が、頑張る社員の生活を向上させようと特別ボーナスを支給した。すると、社員はボーナスを全額使ってパゴダを建てたという。

しかし、民主化が進むことで広がる経済成長が、このピュアな宗教観に影響を及ぼさないだろうかと気になる。

宗教に帰依する一つの理由に現世での生きづらさがある。素晴らしい来世が信じられるからこそ、歯を食いしばり貧困に耐え、政治的弾圧にも耐えてきたとも言える。ヤンゴン市内では、けっして豊かではないけれど、とても礼儀正しく人懐っこい笑顔に幾つも出会った。それは、今や失われてしまった日本社会を彷彿《ほうふつ》させる。

民主化の準備期間と言われたテイン・セイン前大統領時代から、経済的な豊かさがミャンマーにも押し寄せてきた。多くの国民がスマートフォンを持ち、自家用車も爆発的に増えた。欲望に火をつける流行という魔物が蠢《うごめ》き始めたのだ。

やがて物質的な豊かさと反比例して宗教心は弱くなる――。これは、全ての途上国が経てきた道だ。

いずれ若者を中心に、豊かさを追い求める人たちが増えていくだろう。それは、国を富ませる原動力になり、誰も止められない。そもそも、民主国家は、そのために存在するのだ。

なぜならば、現世利益の充実こそが民主国家の一つの目標なのだから。

来世を考えて節度を守り、欲張らない生き方を続けられる政治――。そんなものは存在するのだろうか。

ミャンマー最大と言われるヤンゴンのシュエダゴン・パゴダ。パゴダに立ち入る時は何人たりともはだしになる（筆者撮影）

EPISODE 3

先進国への狼煙《のろし》
TOKYO1964

［週刊エコノミスト：2016年7月19日号〜8月30日号］

東京五輪の聖火リレー最終走者となって聖火台に火を灯した坂井義則さん。2014年（平成26年）に69歳で亡くなった　©毎日新聞社

東京五輪の開会式に間に合わせよ！　大インフラ建設の断行

南アメリカ大陸初のリオデジャネイロ五輪は、一都市によるスポーツの祭典という以上の意味を持つ。すなわちＢＲＩＣＳ（ブラジル、ロシア、インド、中国、南アフリカ共和国の頭文字）の一角を担うブラジルが、先進国の仲間入りを謳《うた》う大会となるはずだった。

ブラジルのＧＤＰ（国内総生産）は約１兆８０００億ドル（２０１６年）で、今や世界第８位の経済大国となり、リオ大会が決まった２００９年ごろは、まさに飛ぶ鳥を落とす勢いで、世界中から投資マネーが集まった。

ところが、そこから先がよろしくなかった。政治経済に停滞が見られ、開催危うしという噂まで飛び交うようになる。そんな現状だけに、政府はとにかく開催して世界に存在感をアピールしたいと願ってやまなかった。

五輪はスポーツの祭典であるにもかかわらず、これまでにもたびたび国家の思惑を背負わされてきた。

顕著だったのは、1936年（昭和11年）開催のベルリン五輪だ。アドルフ・ヒトラー総統の大号令のもと着々と国力を増強したドイツにとって、1933年（昭和8年）に開催された五輪は第一次世界大戦敗戦からの復興を高らかに宣言するものだった。

また、世界がアドルフ・ヒトラーをファシストだと非難するのをかわし、さらに、ヒトラーの権力の強大さとドイツ民族の優秀性を世界に示す場として利用された。そのため、短期間の突貫工事で、巨大なメインスタジアムのみならず、空港や道路、鉄道などのインフラも整備され、まるでベルリンは世界の首都であるかのように変貌を遂げた。

また、古代オリンピックの発祥地、ギリシャのオリンピアで聖火を採火し、スタジアムまで運ぶ「聖火リレー」が初めて実施されたのも、この大会だ。現在は、国境を越えた国際的な友好のシンボル行事のように思われているが、当時ヒトラーが考えたのは、「ゲルマン民族こそが、ヨーロッパ文明発祥の地ギリシャの正統後継者である」ことを訴えるためだった。

さらに、本大会の模様は、『オリンピア』（監督レニ・リーフェンシュタール）という二部構成の記録映画に収められ、世界中で賞賛を浴びた。以降、オリンピック開催のたびに著名監督による記録映画の製作が恒例ともなった。

戦後、五輪の開催地に決定した都市は、この時のベルリンをお手本に盛大な開発を続けてきた。

１９６４年（昭和39年）に開催された東京五輪もまた、戦後復興から高度経済成長を遂げた日本が、先進国に仲間入りしたことを誇示したいという思惑があった。そのために国を挙げて必死の整備が敢行された。

羽田空港の拡張に始まり、空港と都心を結ぶ首都高速道路、東京の大動脈を突貫工事で造り上げた。

同時に、東京モノレールの工事も開始され、羽田空港と浜松町を結ぶ路線は、開会式の約１カ月前、９月17日に開通した。

そして、東京―大阪間を４時間で結ぶ夢の新幹線「東海道新幹線」が10月１日に開業した。すべての整備は開会式に間に合わせるために最優先で進められ、採算度外視のあまり負の遺産を抱えるインフラ事業もあった。それでも、世界の先進国と肩を並べる大都会の創出は、敗戦で失った日本人の誇りを見事に甦らせた。

開催に先駆けた４月28日、日本はＯＥＣＤ（経済協力開発機構）への加盟が認められた。

もはや戦後ではないと宣言してから８年後、日本は遂に明るい未来に向かって歩き出したのだ。

あれから56年後の２０２０年、２度目の東京五輪で我々は何をアピールするのだろうか。

全都道府県を走破した聖火ランナー

東京五輪は、日本人が先進国の仲間入りを祝う祭典である――。そう高らかに宣言しながら、聖火が日本中を巡った。

開幕当日の日にメインスタジアムに灯《とも》される聖火は、五輪発祥の地、ギリシャ・オリンピアに残るヘラ神殿で採火して、聖火リレーによって競技場まで運ばれるのがならわしだ。また、開催地によっては一部区間を空輸し、空港から再びリレーを始める場合もある。東京五輪でも、その方法が採られた。

１９６４年（昭和39年）８月22日にギリシャを飛び立った特別機が11の中継地を経て、９月7日、沖縄・那覇空港に到着、那覇空港から約４キロ離れた奥武山《おうのやま》陸上競技場まで聖火ランナーが疾走して、詰めかけた4万人の人々から熱狂的な歓迎を受けた。当時の沖縄は米領だったが、日本体育協会に加盟していたこともあって、特例で聖火リレーへの参加が認められた。その後、聖火は分火され、一つは引き続き沖縄全土をリレーし、もう一方は、空路で本土を目指した。

聖火を載せた特別機は、鹿児島、宮崎に寄航し、それぞれで分火した後に札幌に向かう。

聖火を分火することで、46都道府県全てを巡らせようと考えたのだ。

鹿児島から始まった第1コースは九州西岸を北上、宮崎からの第2コースは同東岸を走り、愛媛に渡る。一方、北海道に到達した聖火は、道西の主要都市を通過した後、青森へ。そこで聖火がさらに二分され、第3コースは日本海側を、第4コースは太平洋側を一路南を目指した。

四つの聖なる火が目指すのは、東京だ。4374区間6755キロにも及ぶリレーに参加した走者は、実に10万713人というから、日本国民は文字通り一丸となって東京五輪を歓迎したのだ。

この高揚感が、その後、日本が経済大国への階段を上る原動力になったのではないだろうか。

人は他者に認められて強くなる。それは国家も同様だ。

聖火ランナーがおらがふるさと故郷を駆け抜けたことで、日本国民全員が自分たちは世界の一員だと実感したのだ。

四つの聖火が、都知事室で一夜を明かす!?

過去のオリンピックでは、著名人やスポーツ関連の功労者などが聖火ランナーを務めてきたが、日本のランナーの大半は、20歳未満のアスリートだった。

日本の未来を担う若者らが夢と希望を体現するかのように走ってほしいと考えたのだろうか。たかだかアマチュアスポーツの世界大会にこれほど過大な思い入れは、おかしいと感じる人もいるだろう。だが、その過剰なまでに必死に取り組む姿勢に、当時の日本人のバイタリティーと、豊かな社会を未来に残したいという戦争体験者らの悲願が読み取れる。

現在の日本社会は、超高齢社会の真っ只中にある。介護問題は深刻になるばかりだし、将来のことを考えるだけで誰もがつらくなる。

そのうえ、「元気なお年寄り」はいつまでも、社会の中心的存在を独占している。揚げ句に、今の若者は覇気がないとか、頼りないと断じる始末だ。

日本の未来を活力あるものにしたいなら、若い世代に責任あるポジションを譲るべきなのだ。

旧都庁第1庁舎前にあった太田道灌（おおた・どうかん）像は、跡地に建てられた東京国際フォーラム内に残っている（筆者撮影）

チャンスが増えれば、若者は時につまずきながらもたくましく育つ。それを後方支援するのが大人たちの役割ではないだろうか。

２０２０年の東京五輪では果たしてどんな顔ぶれが、聖火と共に走るのか。現在の責任世代の見識と覚悟が問われることになる。

ちなみに日本中を駆け巡った四つの聖火は、10月7日から9日の間にかけて順次東京都庁に到着している。そして都庁の知事室で保管された。

当時の知事、東龍太郎《あずまりょうたろう》は、東京に五輪誘致を果たす前からＩＯＣ（国際オリンピック委員会）の委員を務め、東京五輪実現は悲願だった。

スポーツを通じて、人づくり・国づくりを

目指したかったという知事は、知事室内で夜を明かす四つの聖火を見て、何を思ったのだろうか。

聖火台に火を灯したのは広島原爆投下の日に生まれた若者だった

１９６４年（昭和39年）10月10日——聖火は皇居の二重橋前で合火された。午後２時25分、国立競技場までの６・５キロを、男子５人、女子２人のランナーがリレーした後に、最終ランナー坂井《さかい》義則《よしのり》さんの手に託された。

坂井さんは当時19歳、早稲田大学の学生で競走部に属し、４００メートル走などでオリンピック出場を目指したが、国内選考会で敗退している。

その坂井さんが最終ランナーに選ばれた理由は明らかにされていないが、彼が１９４５年（昭和20年）８月６日、広島県で生まれたからだという説がある。

坂井さんの出生地は、広島市から約70キロ離れた三次《みよし》市だから、原爆の閃光を直接浴びたわけではない。

だが、坂井さんが最終ランナーと決まるなり、メディアはこぞって彼の生年月日と出身県を強調した。

それまでの聖火リレーでは、最終ランナーは開催国出身の金メダリストが務めるケースが一般的だった。事実、選考当初は1928年（昭和3年）のアムステルダム五輪の三段跳びで金メダルを獲得した織田幹雄《おだみきお》氏らの名が挙がっていた。

しかし、「未来の日本を託す若者が務めるべきだ」という関係者らの声が強く、選考は10代の若いアスリートに絞られたのだ。

ラストランナーが原爆投下の日に広島で生まれた若者だったのは、単なる偶然だろうか。あるいは、東京五輪が引き当てた必然だったのか。

最終ランナーに正式に決まった時、坂井さんは「ぼくは戦争を知らない。しかし、何万という日本人が、戦争の犠牲となって一瞬のうちに死んだ同じ日に生をうけたことは、ぼくに〝偶然〟といってすまされないものを感じさせる」と『朝日新聞』に寄稿している。

五輪は政治とは無縁だといくら声高に叫んでも、国民的祭典である以上、開催国の思惑が色濃くにじむのは当然だ。だとすれば、坂井さんがラストランナーとなったのは、ニッポンが新たなる一歩を踏み出すという決意表明だったのかもしれない。

坂井さんが聖火トーチを受け取ったのは、国立霞ヶ丘競技場の千駄ヶ谷門だった。

10万7113人目のランナーは、大観衆が詰めかけた国立競技場のトラックを半周したあと、聖火台までの182段の階段を上った。

大空に五輪を浮かべよ！　というミッションに挑んだ「青い衝撃」

1964年（昭和39年）10月10日——東京オリンピックの開会式は、前日の大雨が嘘のような快晴に恵まれた。

NHKのアナウンサーが「世界中の青空を全部東京に持ってきてしまったような」と実況放送したほどの秋晴れを、航空自衛隊「第4航空団飛行群第11飛行隊」、通称・青い衝撃《ブルーインパルス》の隊員らはどのように見ていたのだろうか。

彼らに課されたミッションは、とても人間業でこなせるものではなかった。

開会式中にロイヤルボックスから鳩が放たれるのとほぼ同時に、メインスタジアム上空に、五色の五輪をスモークで描け——。

曲技飛行によって自衛隊をPRするために結成したブルーインパルスにとって、そのミッションは、存在意義を懸けた大一番だった。

計画当初は、メインスタジアム上空を編隊を組んで飛行する航過飛行《フライバイ》だけの予定だった。ところが、ブルーインパルスの生みの親で、伝説の戦闘機操縦士で航空幕僚長も務めた、源田《げんだ》実《みのる》氏の強い提案で、「五輪を描く」ことになった。

本番の1年半前には訓練を開始したにもかかわらず、直前の最終訓練まで一度も成功したことはなかったという。

並いるパイロットの中でも、ひときわ腕の立つ彼らが、何度試みても、美しい、、、五輪は描けない――誰が見ても無茶なミッションだったが、とにかく使命を完遂せよという命令が下され、操縦士たちは本番に臨むことに。

そこに思わぬ落とし穴が加わる。前日が大雨で、雨は深夜まで続いた。そのため飛行士らは、「明日は雨だから、飛行は閉会式に延期」と決め込み、深夜まで痛飲したのだ。ところが、翌朝は打って変わって快晴となり、予定通り飛ぶことになった。

過去に一度も成功していない飛行の本番を最悪の体調で挑む――その時の心境はどのようなものだったか。想像するだけでも胃が痛くなる。

浜松基地を出発した一隊は途中、ＮＨＫラジオで開会式の状況を確認しながら、五輪組織委員会から求められた「午後3時10分20秒」、赤坂見附上空で円を描き始めた。

そして見事に青・黄・黒・緑・赤の5色の「美しい輪」が空に浮かんだのだ。

この成功により、ブルーインパルスの名は世界に轟《とどろ》き、今なお日本各地のイベントには多くのファンが駆けつけている。

2020年の東京五輪では、再びブルーインパルスが登場して、メインスタジアム上空に五輪を描こうと目論んでいるらしい。

もう一度あの感動の一瞬が再現されるか。大きな楽しみだ。

誰のための、何のための東京オリンピックなのか

2020年東京五輪を招致した人々は、再びの祭典で日本経済が再び返り咲くための狼煙を上げたがっているように思える。

ところが聞こえてくる話題はトラブルばかりで、国民にはしらけムードが広がってしまった。

厳正なる審査によって選ばれたはずの五輪のエンブレムは、既存のデザインの剽窃《ひょうせつ》だという

解体された旧国立競技場跡。東京五輪開催後に果たして日本経済はどのような状況になっているのか。東京都渋谷区にて（筆者撮影）

疑惑を拭い切れず、白紙撤回した。続いて、メインスタジアムである新国立競技場の建設費用が、予算を大幅に超えてしまう。これらの問題は既に、再考の案が決定してはいるが、低調ムードは変わらない。

そもそもなぜ、東京五輪を開くのかと疑問を抱く人も少なくない。

１９６４年（昭和39年）の東京五輪は、開催に合わせて、東京が先進国の首都として磨かれたし、当時まだレアだったカラーテレビが普及するなど産業の活性化にも大きく貢献した。

つまり、五輪は名実共に「おいしいイベント」だったのだ。しかし、現在の日本にとって五輪開催は「うま味」のあることなのだろうか。国威発揚の場であるならば、我々に何を発揚しようとしているのだろう。

五輪を開催しても、経済的停滞を一気に解消できるという可能性は低い。それどころか、リオ五輪同様、五輪開催は国家の大きな負担になるという印象が、日増しに強くなっている。なのに、なぜ、今さら東京でオリンピックを開催するのだろうか。

私自身は、この際、アジアの五輪として、アジアが総出で盛り上がり、世界中の人々と交流するイベントであってほしいと思っている。

くしくも、2018年（平成30年）は、韓国で冬季五輪が開催される。両大会を通じて、アジア全体が連携し、相互理解を深めると同時に、世界の成長エンジンと呼ばれるアジアと他地域との交流を促進するきっかけづくりになればいい。

開催都市だけに恩恵がある五輪というのは、既に画餅《がべい》だ。

このままでは、いずれ五輪開催地を押しつけ合う時が来るのではないか。

日本での五輪が低調であれば、そんなムードが一気に加速しそうだ。

2016年7月16日にパシフィコ横浜上空で曲技飛行を披露したブルーインパルス
（筆者撮影）

EPISODE 4

ビバ！ 富士山

［週刊エコノミスト：2016年9月6日号～9月27日号］

富士山から見渡す風景には圧倒される。
富士山９合目（筆者撮影）

大挙して訪れる中国人観光客は、山に登らない!?

２０１６年（平成28年）７月、初めて富士登山に挑戦した。山開きの直後だったが、吉田口の富士スバルライン５合目は、大勢の観光客でにぎわっていた。とにかく外国人観光客が多くて驚いた。誇張ではなく、その日５合目にいた人の半分以上は外国人だった気がする。

中でも目を引いたのが、中国人観光客だ。土産物屋やレストランが建ち並ぶ広場では、富士山をバックに記念写真を撮る人であふれている。

観光立国を目指しインバウンド（訪日外国人旅行者）に力を入れた成果が出て、２０１６年の訪日外国人数年間２４０３万９０００人（２０１７年は２８６９万人）を記録した。

増加の牽引役《けんいんやく》は中国人観光客で、彼らは、東京から大阪までのゴールデンルートをたどって日本を移動すると言われている。富士山もその途上にある。

いくら〝爆買い〟現象の生みの親といえども、中国人観光客も買い物だけで訪日しているわけではない。千葉県と大阪府にある2大テーマパークも大人気だし、京都と並んで富士山も必見スポットのようだ。

だが彼らは山頂を目指すわけではない。中国人を中心にアジア系の観光客は、写真を撮りアイスクリームを食べ、お土産を手に入れると、そそくさと観光バスに乗り込んで去って行く。写真や絵で見る日本のシンボルを、間近で見られたら彼らは大満足なのだ。味気ないように思えるが、昭和の日本人の団体旅行も似たようなものではなかったか。

昭和といえば私は大学卒業前に、バックパックを担いで欧州を旅した。生まれて初めての海外旅行だし、いろいろな場所を訪れたいと1日で数カ所のスポットを巡った。

旅先で出会った欧州の同世代に言われた言葉を今でも覚えている。

「旅は、その場の空気が、全身に染み込むまでゆっくり過ごすのが醍醐味《だいごみ》なのに日本人は皆忙し過ぎる」

富士山での中国人旅行者にも、あの時に聞いた言葉を伝えたいと思った。

日本の魅力は買い物だけではないはずだ。訪日中国人旅行者による爆買いブームもピークを過ぎたらしいし、本気で観光立国を目指すなら、日本の風土と文化そのものを堪能できる旅を、我々から提案する時が来ている。

欧米人登山客の気軽さのリスク

富士山はミシュランが観光地を格付けをした「ミシュラン・グリーンガイド・ジャポン」では、堂々の三つ星を獲得している。

富士山登山道では、欧米人の姿が目立った。日本人登山者より数が多いほどだ。ちなみに私が泊まった山小屋では、日本人客は我々のパーティーのみだった。

娯楽としての登山やハイキングが定着しているせいか、彼らは、高山ならではの寒さや空気の薄さもなんのそので、すっかりへたばっている我々を尻目に、子どもも大人も軽々とした足取りで進んでいく。

しかもまるで散歩のようないでたちだ。もちろん、日本人登山者と同様に抜かりない装備の人もいるが、旅先の登山ということもあって、トレーナーにジーパン、スニーカーという軽装も少なくない。頂上付近では寒さのあまり我々はフリースやダウンベストを着こんでいるというのに、タンクトップ姿のつわものまでいる。

軽装で登山する人が目立つ外国人登山者。富士山５合目付近（筆者撮影）

初心者の私などは、登山ショップで店員にあれこれ相談して万全の態勢を整え、必死に登っているのに、それをピクニック気分で追い抜いていく欧米人はたくましく見える。だが、同時にやはり無謀ではと心配にもなる。

登山にはグローバルスタンダードのルールがあるはずだ。だが、せっかく来たのだから見なきゃソンという旅行気分もグローバルスタンダードらしい。

そのせいで、安全に対する基本認識が足りなくなってしまう。中には、日が落ちて天候も不安定なのに、無防備にも頂上まで目指す外国人も見かけた。

事故が急増したという情報はないようだが、軽装備の外国人登山者の遭難事故は発生している。

日本のシンボルとも言えるこの山の絶景を、多くの外国人に楽しんでほしい。だからこそ、外国人登山者に対して、もっとしっかりとした安全のルールを伝える努力をする必要がある。

人が来ればいい。お金を落としてくれたらいいという発想では、日本が掲げる「おもてなし」の看板が泣く。

悲願だった世界遺産登録獲得の意義とは

富士山の人気を支える理由の一つとして、世界遺産登録を挙げる人もいる。

正式名称は「富士山―信仰の対象と芸術の源泉」で、古来、日本の象徴として日本人の山岳信仰や葛飾北斎《かつしかほくさい》らの浮世絵の題材にもなった文化的意義が評価され、2013年（平成25年）6月文化遺産として登録された。

地元はもともと世界自然遺産での登録を狙っていた。

日本の象徴的な山なのである。ある意味当然の申請だったが、自然遺産登録では「絶対に無理だろう」というのが、世界遺産に詳しい人たちの共通意見だった。

絶対と断言するのは、パルプ工場が静岡側の裾野に広がっているからだ。製紙業は、「公害型産業」などと言われる悪名高き産業である。1970年代には、富士山のお膝元の景勝地である田子の浦で、ヘドロ公害が問題にもなった。

もちろん、パルプ工場の公害はすっかり解決し、今や世界最先端の公害対策が施されているが、それでも負のイメージは根強く残る。東海道新幹線の車窓から富士山を眺める時に、無数の製紙工場が建ち並んでいて興ざめするのはまぎれもない事実だ。

日本で世界自然遺産に登録されているのは、屋久島（鹿児島県）、白神山地（青森・秋田県）のほか、知床（北海道）、小笠原諸島（東京都）といずれ劣らぬ自然の宝庫だ。しかし、日本人の心情としては、そこに富士山がないというのは、やはり屈辱的なのだ。

そこで、方針を変更し、富士山頂上にある信仰遺跡群や富士五湖などを含む文化遺産として再申請した。

そこまでして世界遺産のブランドが欲しいのか。

なぜ、日本人は世界ブランドのお墨付きを欲するのか。そんなものがなくても、悠然と存在する富士山を一目見れば素晴らしさはわかるはずなのに。

日本は権威に弱い。逆に言えば、世界遺産という金看板があれば、観光客はわんさかやって来ると信じている。

だが、実際、日本各地に点在する世界遺産すべてに、外国人観光客が大挙して訪れているわけではない。

そもそも観光立国のテーマとして「おもてなし」を掲げているのならば、まずはその哲学を徹底すべきなのだ。

おもてなしは、ブランドや看板ではない。訪れた外国人が気兼ねなく、時間を過ごし、地元の人々と親しく交流することで、非日常の旅を味わう。

すなわち、自分たちは歓迎された客だと感じてもらえるための心構えだ。

だが、現状を言えば、世界遺産などのブランド獲得に血道を上げ、道路標識を外国語にし、外国語のパンフレットを作れば、それでインバウンド誘致は終わると勘違いしている。

また、来たい――。そう思ってもらうためのおもてなしの心とは、日本人の真心を見せることに他ならない。

富士山は、登る山？　見る山？

「富士山は、見る山で、登る山じゃない」と言う人が意外に多い。

地上から富士山を見上げると、その雄大な美しさに惚れ惚れする。見事な独立峰で、世界中の人々が息を呑む山容だ。飛行機から眺めると、その美しさは格別だ。だが、山頂を目指して一歩進んだ途端、修行のような地味な道程が始まる。砂や小石からなる登山道は滑って歩きにくいし、その日の体調によっては高山病に罹《かか》ってうめきながら歩く羽目にもなる。

さらに、大変なのが下りだ。つづら折りの砂利道を延々と下る。足や膝の負担がつらく、あまりの長さに弱音を吐きそうになる。見るだけで十分、と言いたくなるのもわかる。

とはいえ、登るからこそ出会える魅力もたくさんあるのだ。

登山をスタートする5合目にあたる吉田口で既に、標高が約2305メートルある。出発した時点から、日本のアルプスの山々が低く見える。それどころか雲さえも眼下を流れる。

まるで飛行機から眺めるような風景を、地に足つけて目にする醍醐味。まさに天空を遊ぶ楽しさを、その気になれば老若男女誰もが気軽に体験できるのは、日本ではこの山だけかもしれない。

私は視点を変えて見ることを日ごろから訴えているが、壮大な景色を前にして改めてその重要性を痛感した。

大自然の中に2本の足で立ち、下界では体験できない強い日差しや風にさらされてこそ、わかるものがある。日本とはこのような大自然を有する国であり、我々はそこで生まれ育ってきたのだという実感、日本人であるという誇りが込み上げてくるのだ。

近年、日本人の想像力が乏しくなっているように感じることがある。その一因は、あふれるばかりに過剰な情報サービスにあるのかもしれない。手を伸ばすだけで、すぐに知りたい欲求は満たされる。それゆえ、好奇心のおもむくままに見知らぬ場所に足を運ぶことなく、行った気になれるからではないか。

富士山にも見ているだけではわからない刺激がたくさんある。酸素が減り気温が下がり、天候もころころ変わる。その変化の中を黙々と登り、ふと立ち止まってあたりを見渡す。そこに見えるものが、五感に新しい刺激を与える。

富士山を登らずして、富士を語るなかれ。

外国人観光客でごった返す富士スバルライン5合目
（筆者撮影）

EPISODE 5

ワインは語る

［週刊エコノミスト：2016年10月4日号〜6月18日号］

カーヴ（ワインの貯蔵庫）内に安置したたるから「シーフ」と呼ばれる大型のスポイトで直接吸い取って試飲することもある（筆者撮影）

神はブドウに宿る

夏の終わりに、ワイン輸入業者の買い付けに同行して、フランス・ブルゴーニュ地方とシャンパーニュ地方を旅してきた。

現地を訪れてまず最初に驚かされたのは、ブドウ栽培に対する生産者のこだわりだ。日本酒では、ウイスキーでも酒の生産者が原料から生産するのは珍しい。自らが育てた山田錦が素晴らしいから、自社の日本酒がうまいと胸を張る蔵元はいない。ところが、ワイン生産者は「ブドウ作りがワインの全てを決める」と考えるものだと、この旅を通じて知った。

それはワインの等級が、ワイン畑の優劣で決められている点でもわかる。

フランスワインの等級は、AOC（原産地呼称統制）で厳格に定められていて、生産地、ブドウ品種、栽培法、醸造法、アルコール度数などを厳しく規定している。

中でもワインの格付けにおいて産地は大きな意味を持つ。特級を意味する「グラン・クリュ」

は、政府が畑に対してお墨付きを与えたという印だ。

私が訪れたブルゴーニュのワイン生産者《ドメーヌ》「ミシェル・マニャン」でも、話題がブドウ畑になった途端に主のフレデリック・マニャンさんの口調に熱がこもった。

手塩に掛けて育てたブドウの本質《テロワール》を、ワインにどのように生かすのか――その研究にマニャンさんは余念がない。

「ワインの製法も、それぞれの生産者によって異なる。私は醸造技術よりもブドウの素材を生かし切ることにこだわりたい」

彼が造るワインには畑の土や水の特性がワインにそのまま反映されている。それゆえ太陽の香りがすると評されて、世界中に愛好家がいる。

近頃、ブルゴーニュのグラン・クリュの畑を、ＬＶＭＨ（モエヘネシー・ルイヴィトン）グループが相当額で買収した。これもまた「ブドウが命」という価値観の裏付けではないか。

一流の農家が一流のワインメーカーになるという発想は、農業のあり方を見直そうとする動きが活発になりつつある日本にとって大きなヒントになる。農家自身が製造にまで携わって、とことんおいしい食品作りを目指す――そういう発想の転換を試してみるのも一案だ。

太陽の恵みを徹底的に取り込むシャンパンの神髄

フランス北部にあるシャンパーニュ地方は、北緯49度に位置する。南樺太とほぼ同じ緯度になるのだが、気候は温暖で、夏も冬も過ごしやすい。とはいえ、この高緯度で行う果実栽培が大変な作業であるのは間違いない。

ちなみにシャンパンと名乗れるのは、「政府がお墨付きを与えたシャンパーニュ地方の畑で生産されたブドウで醸造したスパークリング・ワイン」のみである。

それにしてもブドウの生産地としては、決して好条件ではない土地であるにもかかわらず、なぜ世界中から愛されるシャンパンが生まれるのだろう。

それは土壌の性質に因るものらしい。この土地の深い地層は石灰質なのだが、ブドウの根は水を求めてその層まで下りて行くらしい。それによって、ミネラルをたっぷりと含んだ良質の果実を実らせる。さらに、緩やかな丘陵地帯が多い地域ゆえ、ブドウ畑は斜面に作るしかない。これによって、平地の畑よりもより多くの太陽の光を受け止められるという。

このところ、日本の至る所で増えつつある太陽光発電を思い出してほしい。いずれもが、直射日光を最大限に受け止める角度で、天を仰いでいる。

花のような香りと深い味わいのシャンパンで多くの愛好家に支持されるフィリポナ社を訪ねた。彼らの自慢は、その自然の恵みを最大限に生かす畑を持っていることだ。

「クロ・デ・ゴワセ」と呼ばれる畑は、マルヌ川に面した45度の斜面にある。畑の名は「重労働の壁」という意味だという。実際に畑を歩いてみると、移動するだけでも息が上がる。こんな斜面での畑仕事を考えると、その名称はぴったりだ。

このブドウから生まれる酒のラベルには、畑の名が記される。これは単独畑名《モノポール》と呼ばれるものだが、これが許されるのはシャンパーニュ地方でもたった2カ所である。そのボトルは最高峰の名品として世界中のファンの垂涎《すいぜん》の的となる。

45度という急斜面とマルヌ川に近いという立地によって、「天から注ぐ太陽光だけではなく、川に反射する太陽光の恵みもあって格別なブドウができる」(シャルル・フィリポナ社長)からだ。

以前、急成長している植物工場を取材したことがある。そこで、作物の成果は、光量に比例すると言われ、天然光がたっぷりと取り込める立地が重要だと聞いた。いにしえからの伝統をかたくなに守る名品も、来る食糧難さえも見据えて開発されている最先端の農作物も、結局のところは全て太陽の光、この恵みなくしては成り立たないのだ。

ワインのプロが問うジャーナリストの姿勢

ワインの旅を続ける中で、「ジャーナリストは、なぜしっかり取材をしないのか」という憤りにも似た問いかけを、生産者や輸入業者から何度も受けた。

その年のブドウの出来や、ワインやシャンパンの状態を取材して、ワイン愛好家に伝えるジャーナリストを、生産者は大切にしている。

しかし近年は、思い込みやムードにばかりに目が行き、自らの足と舌で確かめようとしないジャーナリストが多いらしい。

例えば、２００３年（平成15年）にビンテージ（収穫・瓶詰め）したシャンパンは、全体的に不作だった。そんな中、ある生産者《メゾン》では、近年で最も良い味の出来となった。ところが、各国のワインジャーナリストは、まともに取材もせずに、十把一絡げで不作というレッテルを貼ったという。

ブドウから生まれる酒のラベルには畑の名前が記される（筆者撮影）

そのメゾンは後年、仏伊で行われたシャンパン・コンテストにあえて２００３年物を出品した。すると、並みいる有名ブランドを抑えて、そのシャンパンが１位を獲得したという。

「味わいもしないで、ムードだけで決めつけるのがジャーナリストと言えるのか」と同メゾンの社長は怒りを隠さない。

ブルゴーニュのドメーヌも、ジャーナリストに対して厳しい。

「ワインを試飲するなら、晴れた日の午前中がベスト。なのに、雨の日の昼食後にやってきて、通り一遍のチェックで、毒にも薬にもならない記事を書く者がいる。ワインは、天候や試飲者の腹具合までもが味を左右する。

何度も通った上で批評するのがジャーナリストではないのか」

そう言うドメーヌの残念そうな顔が印象的だった。

日本でもワインを学ぶ人が増えている。その講師となるソムリエにも勉強不足の者が多いらしい。自身の舌で確認もせず、ドメーヌのＰＲ文に目を通すだけで、品評する者さえいるという。

嗜好品であるワインの味は、十人十色で受け止め方が違うはずだ。自身の五感で実際に確認しなければ、万華鏡のように複雑で奥深い愉《たの》しみを持つワインという文化の本当の道が見えてこないのではないか。

ドメーヌらの憤りは全てのジャーナリズムに通じる問題だ。現場に足を運ぶことが減り、関係者からのレクチャーをうのみにして、細部の確認をないがしろにする。

ジャーナリズムが信用できない社会は、闇だ。情報技術《IT》が浸透したからこそ、むしろ地道な取材と洞察力という原点の底力が、物を言う時代になったのではないか。

ワインの聖地で私は痛感した。

どこまでも広がるブドウ畑だが、そこには厳格な格付けが行われ、その格にふさわしいブドウを生産することこそが、ワイン生産者の矜持となる（筆者撮影）

EPISODE 6

さらば築地のはずが

［週刊エコノミスト：2016年10月25日号〜11月22日号］

移転先の新市場は築地と同様に賑わうのだろうか
（筆者撮影）

市場が生み出す混沌《カオス》の中から生命力が光る

築地市場は、都民の食の供給を一手に引き受けている印象があるが、都内に11カ所ある東京都中央卸売市場の一つに過ぎない。

もっとも、1日当たりの取引量は、2016年（平成28年）の調査では水産物が約1628トン（取引額約16億円）、青果物が約1021トン（同3億円）で、いずれも日本最大だ。

1935年（昭和10年）に、日本橋（中央区）の魚市場と京橋（同）の青物市場がそろって移転して開場した築地市場は、広さが東京ドーム五つ分の約23ヘクタールある。当時の最高の建築技術を駆使した卸売市場は、機能性を考えながらも、建造物としての美しさにもこだわったらしい。

天井を見上げると、アーチ部分など随所に当時の工夫が見受けられるが、既に築80年を経過して老朽化し限界に近い。

これまでも天井や壁面のコンクリートが崩落するという事故が起きている。さらに、市場内は人と自動車、縦横無尽に走り回るターレットトラック（運搬車）が入り乱れていて、交通事故も多発しているらしい。また、もはや23ヘクタールという広さをもってしても間に合わないほどに取扱量が増加して、狭隘化《きょうあい》が深刻な問題となっている。

そして食の安全に対する消費者の目が厳しくなったことや、ＩＴ化の充実により、ついに築地市場は過去の遺物となりつつある。そうした問題を解決するために、石原慎太郎《いしはらしんたろう》が知事を務める２００７年（平成19年）に豊洲新市場への移転が正式に決まったわけだ。

ところが、８月２日の新都知事誕生と共に、様相は一変した。

日本中がリオ五輪の興奮で沸いている最中《さなか》の８月31日、小池百合子《こいけゆりこ》都知事が「こんな環境アセスメントでは、移転は無理」と一喝、２０１６年（平成28年）11月７日に開場が予定されていた豊洲への移転に待ったをかけた。

そして、今や一つ間違えば「アディオス（さらば）！　豊洲」になりかねない事態にまで発展しているわけだが、連日、新聞・雑誌が書き立てる築地市場移転問題を、斜めから見てみようと現地に向かった。

間もなくその役割を終えようとしている築地市場を、仕入れのために長年通っているという鮨屋の店主と一緒に歩いた。食を扱う場ならではの活気がある。それは、匂いや形が刻一刻と

混沌から生まれる活気。その魅力は、日本人の魂の拠り所にも見えるのだが……（筆者撮影）

変化し続ける生鮮食品を扱っているがゆえに立ち込める「なまなましさ」から生まれるものか。聞こえてくる会話や呼び込みの声も威勢がいい。この感覚は祭りに似ている。太鼓の代わりにトラックが唸り、神輿の代わりにトロ箱や段ボール箱が運ばれていく。効率至上のＩＴや人工知能《ＡＩ》の世界には生まれ得ない混沌とした喧騒である。

　植物だろうが動物だろうが、人は生命を喰らって生きている。であるならば、こういう場所は、残してほしい。経済的合理性やＩＴ化と引き換えに、生きものとしての生気を手放そうとしていないか。

　待ったがかかった今だからこそ、築地の魅力と存在意義をじっくり考えてみたい。

卸売市場としての機能性重視の要塞は何を醸す

迷走が続く築地市場の移転騒動だが、問題点が一つでないのが怖いところだ。新市場の安全性、移転にかかる巨額かつ不透明な費用、情報公開不足と、枚挙にいとまがないが、豊洲への市場移転が実現したなら、どんなメリットがあるのだろう。

まず敷地面積が圧倒的に広い。23ヘクタールから40ヘクタールへと約1・7倍の拡張となり、物流のアクセスも向上して良いこと尽くしとなる――らしい。

また、2020年に予定されている東京五輪も豊洲移転の動機の一つだ。選手村や競技会場と都心を結ぶ環状2号線の整備が進んでいるが、現在の築地市場を通過すると計画されている。大会に間に合わせるためには、すぐにでも築地市場を取り壊し着工しなければならないという(2016年現在)。

周囲の「雑音」をよそに、豊洲新市場の工事は粛々と進んでいる。

耐震や安全性にこだわった外観は無駄のない直線的なデザインで、築地が四方八方と通じる開放性があるのに比べると、理科学系の研究所のようにも見える。

界隈に高層タワーマンションがあるから暮らしの風景はあるのだが、空き地が多いせいか築地のような躍動的な活気はまったく存在しない。

まるで、築地とは正反対の空間を造りたいと意思表示しているようだ。もしかしたらここは「市場」ではなく、食品流通基地であると考えればいいのかもしれない。

最新の整備が整えられるのだから、働く人々にとっては快適なのだろう。ただ、その代償として大切なものを失ってしまいそうではある。

商品である魚や野菜、果物の姿は変わらない。それに食べ物が工場で生み出されるのが当たり前の時代ではある。機能性が高まれば、利益追求にも好影響をもたらす。

しかしここで流通するのは、グルメ都市東京が誇る〝うまいもの〟のはずだ。うまいものが持っている力強いエネルギーは、市場という人が行き交うエネルギーで磨かれて、さらにおいしくなるのではないか。

もう一つ気になったことがある。新市場は観光客という部外者の来訪を拒んでいるように見える。そもそもあの要塞を見に行ってみようとは思わないだろう。

外国人観光客人気と市場はどう向き合うのか

インバウンド（訪日外国人旅行者）の波は、築地市場にも押し寄せている。中でもここ数年の増加数は顕著だという。

和食がユネスコ無形文化遺産に登録されたことも影響しているらしく、場内の飲食店人気はどこもうなぎ登りだ。最大5時間待ちという人気寿司店の前で長蛇の列を作っている客の大半は、外国人だ。

その一方で、セリや卸業者のビジネスを阻害するという苦情も挙がっていて、繁忙時間帯の早朝には外国人が市場内を見学するのを規制している。

もっとも、厳しい入場チェックがあるわけではなく、実際にマグロを解体している現場には、大勢の外国人がカメラを構えていた。

もともと築地は、一般客に優しい市場だった。マグロのセリを見物したり、仲卸店で魚を買う観光客も大勢いた。それが近年の外国人観光客の増加で、マナー違反が問題視され、「原則午前10時までは、日本人を含む観光客の入場を禁止」した。

とはいえ、よほど本業の邪魔をしない限り、市場関係者は嫌な顔もしない。「築地」が国内外を問わず観光客に人気なのは、市場で働く人々が寛容に受け入れていることが大きい。

しかし、豊洲ではこのような風景は見られなくなるようだ。

市場内はあくまでも仲卸業者と小売業者の取引の場となり、「市場の味」を楽しみたい観光客は、場外の飲食店街で楽しむしかない。

観光の楽しみは、日常生活では味わえない異空間に身を置くことから始まる。

場内に外国人観光客が大挙して押し寄せてくるのは、築地市場という異空間を体感したいからだ。築地市場はテーマパークだったのかもしれない。真剣勝負でうまいものを求める食のプロの迫力と、非日常な光景に興奮する観光客の感嘆があったからこそ、築地は唯一無二の名所になり得た。それらの要素を排除して、豊洲はどんな場所になるのだろう。それが東京都の望む風景なのだろうか。

市場移転の背景にある水産業衰退の厳しい現実

築地市場の閉鎖を機に、鮮魚仲卸を廃業するという業者が後を絶たない。新市場移転という派手な騒動に目を奪われがちだが、日本人の「魚離れ」による水産業の衰退にも注目すべきだ。

築地市場の魚介類の取扱高は、2002年（平成14年）までは65万トン近かったが、2015年（平成27年）には45万トンを割り込んでしまう。帝国データバンクの調査によれば、2003年（平成15年）1月から2016年（平成28年）8月の期間で、築地市場内の企業の倒産・廃業は111件に達している。

新市場移転が決定しても、実現までに15年も時間を要した一因には、「移転と同時に破綻」という業者が多かったからだ。そこで少しでも移転を先延ばしして商売を続けたいという悲痛な願いもあったようだ。

新市場へ移転したいのなら、その費用は仲卸業者自身で負担しなければならない。つまり資金を調達できなければ、廃業に追い込まれる。新市場移転は、市場内で事業を行う業者にとって深刻な出費を強要していたのだ。

にもかかわらず、移転延期が決定したため、財務的に弱っている業者の経営に追い打ちをかけてしまった。都は補償は考えているようだが、やるならば一刻も早い方がいい。

【結果的に、2018年8月時点でも、築地から豊洲の移転は行われていない（同年10月に完全移転予定）。それを受けて、東京都は、業者が受けた損失の補償費として、17年度で50億円、18年度で42億円を計上。合計では、92億円に上った。それに加え、両市場の維持管理費などを加えると、総額200億円以上の無駄な費用がかかることになった。】

日本の民主主義の未熟さが露呈した移転問題

築地市場の移転問題は、日本社会の足を引っぱり続ける未熟な民主主義システムを浮かび上がらせたようだ。

最初に築地市場移転計画が動き出したのは、1972年（昭和47年）だ。

東京都が埋め立てた大井ふ頭（品川区）に築地市場の2倍の面積を有する「近代的な総合市場を建設」と謳《うた》って計画がスタート、都議会も可決した。ところが、水産業者や仲卸業者らの大反対にあい、頓挫してしまう。

次いで築地市場を立体的に利用して面積を広げる計画案を策定し、都議会で可決して進めようとした。ところが、建て替え期間中の代替市場対策が不十分と反対され、１９９９年（平成11年）に白紙撤回されている。

そんな中で浮上したのが、豊洲新市場だった。２００１年（平成13年）、豊洲地区への移転計画を都議会が可決した。だがさまざまな理由から移転は先送りされ、２００７年（平成19年）の正式決定でようやく２０１６年（平成28年）11月に完全移転するはずだった。

それが、小池百合子知事就任によって、再び計画が中断した。

民主主義国家である日本で、都民から選ばれた都議によって可決された計画案が、なぜこうも何度も撤回されたのか。

そもそも知事や都議らは、市場内の業者の反対や移転先の環境問題などを含めた調整や調査を徹底した上で、移転を決定したのではないのか。都議会で可決した後で問題が噴出し、揚げ句に「知らなかった」という逃げ口上がまかり通るようでは、先進国の首都の名が泣く。

しかも、新市場移転騒動では、市場当事者である仲卸業者や水産会社、そして、築地市場の顧客さえも、ないがしろにしているとしか思えないトラブルが後を絶たない。そこに都や都議は責任を感じないのだろうか。

その点では、問題に対して向き合う相手を小池知事も間違っているように思う。何より大きな被害を被る市場関係者に対して、誠意を尽くして説明し、迅速な被害補償を行うべきだ。間接民主主義を敷く先進国は、選ばれた議員が有権者になり代わって行政を監視し、二人三脚で住民サービスの向上を図ることを求めている。今回の築地市場の迷走ぶりを見ていると、行政も都議もその職責を果たしているとはとても言えない。

さらに、都民も「悪者探し」に興味は持っているようだが、食生活の要である中央卸売市場問題の根本には目を向けず、行政や都議に厳しい批判の声を上げようともしない。

議員なんて誰がなっても一緒、所詮役所なんて適当にやっているけど、直接的な害が及ばないなら無関心を決める――。

日本の民主主義の典型が、築地市場移転問題を生んだというのは、穿った見方だろうか。

築地場外の飲食店には変わらず外国人観光客が大挙して押し寄せる。2016年秋撮影（筆者撮影）

EPISODE 7

地熱は日本を救えるか

[週刊エコノミスト：2016年11月29日号〜12月20日号]

試掘が始まった福島県耶麻郡の磐梯地域地熱発電所の候補地（筆者撮影）

震災後の発電の切り札がいよいよ始動

日本はエネルギー資源に乏しい国だ。

2011年（平成23年）、東日本大震災で発生した東京電力福島第1原子力発電所の事故によって、日本の乏しいエネルギー事情、ひいてはエネルギー安全保障の脆弱《ぜいじゃく》さがあらためて浮き彫りになった。事故以前は、電力供給量の約4割を担っていた原子力発電が稼働停止となったために、コストが高い化石燃料による火力発電に頼らざるを得なくなってしまったのだ。それによって、にわかに注目された発電方法がある。

地熱発電だ。

地熱発電とは、地球のマントルによって熱せられた地下水を利用する発電方法だ。簡単に説明すると、地中約1000メートルから2000メートルまで掘削して噴き上がってくる高温の地下水を、水蒸気化して発電タービンを回し、電気を起こすのだ。

一般に発電は、水を気化してタービンを回す方法を取るのだが、地熱発電の場合は、地球がすでに水を熱してくれているから手間が省ける。

理論上は、地球のどこを掘っても、いずれは熱水がたまっている場所に行き着く。しかし、地表近くまでマグマが上昇している火山帯は、掘削に比較的に手間取らないので地熱発電に適している。

つまり、火山大国ニッポンは、地熱大国ニッポンになり得るのだ。日本の地熱の理論的埋蔵量は3300万キロワットで、世界のトップ3に入る。100万キロワット級の原発33基分が賄える計算だ。

だが、実際は大国と名乗るにはあまりにもお寒い状況だ。日本の地熱発電所17カ所を合算しても、発電容量は約54万キロワットで、日本の総発電量の0・3%でしかない。

電力業界でもほとんど顧み見られなかった地熱発電だが、そこには現在のエネルギー問題を解決する要素が詰まっている。

ひとたび運転を開始すれば、エネルギー資源は無料で調達できる上に、二酸化炭素（CO_2）排出もほぼゼロに加え、24時間365日の稼働が可能だ。震災後注目された風力発電や太陽光発電は、天候に大きく依存して稼働率が20%台だという。それらとは比べものにならない発電供給力を持っているのだ。そんな地熱発電は、震災後の日本を救う切り札として注目を集めた。

あれから6年近くが経過し、僅かずつだが新たなる地熱発電の開発が進んでいる。

そしてついに「地熱ルネサンスのはじまり」と期待されている福島県会津磐梯山《あいづばんだいさん》周辺の開発が始動した。

期待の会津磐梯地区で試掘が始まったが……

2011年（平成23年）12月17日――。野田佳彦《のだよしひこ》首相（当時）が福島第1原子力発電所の冷温停止状態を宣言した翌日、福島市で「地熱エネルギーに関するシンポジウムin福島」が開催された。

このシンポジウムは、同年9月に発足した超党派地熱発電普及推進議員連盟の結成セレモニーでもあった。議連には、共産党を除く全政党の国会議員62人が集まった。

ポスト原発として、地熱発電にスポットライトが当たった瞬間だった。

シンポジウムでは「会津磐梯山エリアに27万キロワットの地熱発電所を新たに開発する」というプロジェクトが話題になった。

日本の地熱発電所の最大は、1970年代から営業運転している大分県の八丁原《はっちょうばる》発電所の11万キロワットだ。その2・5倍もの地熱発電所が福島で誕生すれば、地熱ルネサンスの象徴となるだろう。

プロジェクトは、過去に地熱発電所開発や運転に携わった9社(現在は11社)がタッグを組んで開発に臨んだ。政府も経済産業省と環境省が後押しを約束。調査費など100億円近い補助金も用意した。

その後、資源調査や現地での説明会など地道な活動を続け、2016年(平成28年)10月、ついに福島県猪苗代《いなわしろ》町土湯沢《つちゆさわ》地区で、掘削調査が始まった。地熱資源有力地だと考えられる場所で試掘して、地熱発電所が可能かどうかをチェックする最終段階に入ったのだ。

試掘現場には、高さ約43メートルの「リグ」と呼ばれるやぐらを設置し、ドリルパイプで地下3000メートルまで掘り下げて調査する。調査期間は約2年だ。

残念なのは、当初期待された出力27万キロワット規模の地熱発電開発は難しく、既存の地熱発電所規模程度となりそうな点だ。いざ開発を行うとなると地元での合意が暗礁に乗り上げ、開発に前向きの地区で開発を進める方針となったためだ。

原発と決別する切り札が地熱発電であるのは間違いない。であるなら、国を挙げて地熱発電開発を進めたら良いのに——と簡単に言えないのが、電力事業の難しいところだ。

先進国とは、需要を上回る供給能力を、常に有する国を指す。したがって、時と場合によっては、安定した電力確保のために国家が強権力を発揮すべきだ。

しかし、福島県の場合、そういう理屈も通りにくい。なぜならば、事故を起こした東京電力福島第1原子力発電所（総出力469万6000キロワット）も同第2原子力発電所（同440万キロワット）も、地元福島県では1ワットも利用できず、すべて東京電力管内に送電されていたからだ。

つまり、福島は電力を生み出す場所ではあるが、それを利用する権利を与えられていなかったのだ。

にもかかわらず、甚大な原発事故が起き、周辺住民の多くは、現在も避難生活を余儀なくされている。

そのため、発電所と名の付くものは、一切建設してほしくない、という地元民の反発があり、それは無視できないものだ。

戦後、国全体が豊かになれば、地方は犠牲になってもいい、という暗黙の了解があった。これを地方が許したのは、地元に大きな雇用をもたらし、補助金を手に入れられたからだ。

高度経済成長だの日本経済の礎だのという美名の下、常に地方は大工場や大都会の犠牲になってきた。

しかし、そんな事が許される時代は終わったのだ。

では、原発の代替発電所としての地熱発電所の開発はどう考えればよいのか。

だとすれば、ここは政治家の出番だ。しかし、憲法改正には血道を上げても、全ての国民が安心して暮らせる電力の確保について真剣に考えている政治家は皆無のようだ。

地球温暖化対策の切り札は地熱発電しかない

気候変動抑制に関する多国間の国際的な協定、通称「パリ協定」が２０１６年（平成28年）11月４日に発効した。これによってエネルギーを取り巻く環境は大きく変化することになる。同協定は、地球温暖化対策のための二酸化炭素排出抑制を取り決めた京都議定書に次ぐ、気候変動抑制に関する世界的ルールだ。具体的な内容は２０１８年（平成30年）に決まるが、世界各国は二酸化炭素排出削減について改めて厳しく求められる。

東日本大震災発生以降の日本では、温暖化問題は政治や社会問題としてほとんど話題に上ってこない。化石燃料依存の発電所がフル稼働しているからだ。

現在の日本の発電は、9割近くを火力発電に頼っている。この発電方法は、温暖化対策のルールを批准した国としてはあり得ないものだ。長年積み上げてきた二酸化炭素排出抑制の実績を失い、日本は世界有数の二酸化炭素排出国となっている。このままでは、2018年（平成30年）の新ルール下では、莫大《ばくだい》な排出負担を強いられるだろう。甚大な原発事故が発生したために、致し方なく火力偏重の発電をしているのだから、温暖化問題も大目に見てくれるのではないかという風潮が、日本にはある。

事実、震災が発生した直後に南アフリカで開かれた気候変動枠組条約（気候変動に関する国際連合枠組条約）締約国会議で、日本は同様の理解を求めている。ところが、参加各国から「それは理由にならない」と一蹴され、温暖化対策では特別扱いしないと言明された。

国際社会の中では常識的なリアクションだが、日本政府は大きな衝撃を受けた。

だが、最近になって朗報が入った。

2019年5月に、震災後初の大規模地熱発電所が運転を開始するのだ。秋田県湯沢《ゆざわ》市の山葵沢《わさびざわ》地熱発電所だ。

同発電所は予定出力4万2000キロワット、建設開始は2015年（平成27年）5月だ。完成すれば、国内では実に23年ぶりの大規模地熱発電所の誕生となるのだ。

秋田から始まる地熱発電の新規営業を機に、地熱発電の一層の推進が急務だという自覚を持って温暖化対策に真剣に取り組むべきだ。

「リプレース」という工夫で地熱発電がパワーアップ

地熱発電の新規開発がなかなか進まない理由として、計画から営業開始までの期間の長さが挙げられる。

まず衛星探査や地表探査などの調査を経て、試掘の価値ありという場所を見つけるのに3～4年を要する。同時に、開発のための環境アセスメント（環境影響評価）や温泉組合など地元の理解を取り付ける必要もある。その後の試掘によって発電所適地と判断され、開発のGOサインが出るまでには、計画から6年近くがかかり、営業開始は早くても着手から8～9年先になる。

そんな中で、今までにない地熱発電の取り組みが、東北地方で始まった。

リプレース（新増設・建て替え）だ。既存の発電所の敷地内や同じ場所で、発電所を建て替えて新規営業するという方法だ。

宮城県大崎市にある鬼首《おにこうべ》地熱発電所で日本初の地熱発電所のリプレースが行われる。

同発電所は、１９７５年（昭和50年）、電源開発《J-POWER》が、開発、営業開始した。それから40年余りが経過し老朽化が進んでいる。そこで２０１７年度中に運転を一旦停止して、その後６年をかけて新しい発電所を建設し、２０２３年の運転再開を目指す。

リプレースによって、出力も現在の１万５０００キロワットから、２万３０００キロワット程度まで増やす予定だ。

既存の他の地熱発電所も、老朽化対策を講じる時期が来ている。鬼首発電所の取り組みが、成功例となって、リプレースが進むことを期待したい。

日本という国は、変化を嫌う。

特に地方では、発電所などの巨大施設が、新たに建設されることに抵抗感がある。

だが、そうした地元の抵抗感や不安に丁寧に対応し、新規の地熱発電所の稼働が実現したら、それがサクセスストーリーとなって、後に続く例が増える。

地熱発電所建設反対の声が上がる時、地元の温泉組合が中心となる場合が多い。発電所の稼働によって温泉の湧水量が減るのを心配するからだ。だが、実際には温泉と地熱発電所では、熱水を取水する深度が異なり、影響がないと考えられている。地熱発電所の稼働によって温泉に影響が出たという報告があるのは、世界的に見てもニュージーランドでの1件だけだ。

古くから名湯と評判の鳴子温泉からほど近い場所で、鬼首地熱発電所のリプレースが始まる。写真は宮城県大崎市鳴子温泉湯元で撮影、鬼首地熱発電所は直線距離で約5キロ先にある（筆者撮影）

EPISODE 8

銀座でお金の重みを考える

［週刊エコノミスト：2016年12月27日号～2017年2月7日号］

「銀座発祥の地」の碑が銀座通り沿いに建つ（筆者撮影）

日本一の繁華街・銀座から生まれた〝怪物〟の正体を探る

1612年（慶長17）年――江戸幕府は、銀貨幣の鋳造所を駿府《すんぷ》（現・静岡県）から江戸に移した。駿府では両替町に銀貨幣鋳造所があった両替町だったことから、江戸の銀貨幣鋳造所の町名は、新両替町となり、寛永年間（1624～45年）の頃から、新両替町は、別称――銀座と呼ばれるようになる。

これは銀貨幣の鋳造所を銀座と呼ぶことに由来する。そのため当時の銀座は職人と両替商があるだけの職人町で、往来のにぎわいは京橋や日本橋には遠く及ばなかったという。

銀座が現在のような繁華街となったのは、明治初期に起きた2度の大火がきっかけだという。1872年（明治5年）の火事で焼け野原になったのを機に、火事に強く文明開化の象徴的な街を作ろうと整備が行われた。それが現在の銀座（東京都中央区）の原型だ。今では当時を忍ぶ面影はほとんどが失われているが、日本の繁華街の頂点としてその地名は変わらず燦然《さんぜん》と輝いている。

江戸時代以前は、各大名がそれぞれが貨幣（銭貨、銀貨、金貨）を鋳造していたのを、幕府が独占し、経済的な統制権を掌握した。

徳川家康《とくがわいえやす》は、国家統治に当たって、貨幣の価値を全国共通のものにする重要性を強く感じていたようだ。1601年（慶長6年）に、全国一律の貨幣として慶長金銀を制定した。

それまでの将軍は軍事力によって全国を統治していたが、家康は通貨の発行権を掌握することで盤石な天下統一を目指したと思われる。

もっとも、貨幣経済の礎を築いたのは、豊臣秀吉《とよとみひでよし》だった。金座も銀座も大阪にもあったが、まだ全国統一も半ばで、全国共通の通貨としての流通には及ばなかったのだ。

それだけは腹の足しにも道具にもならない金属や紙を、有益なモノと交換する媒介物とする――。

それが物流を生み、経済を活性化した。だが、同時に強大な権力の源にもなってしまった。お金という〝怪物〟が目覚めたのである。

カネがあれば何でも買えるのか

経済人類学の礎を築いたウィーンの経済学者カール・ポランニー（1886〜1964年）が著した『人間の経済』（岩波書店刊）では、支払い、価値尺度、計算、富の蓄蔵、交換の機能のいずれか一つがあれば、貨幣であると定義している。

したがって、貨幣の歴史とは物々交換の時代から既に始まっていたと言える。そして、この世に初めて貨幣が登場するのが紀元前7世紀頃で、それは現在のトルコにあったリュディア王国の琥珀硬貨《エレクトロン》（=金銀合金）だったと言われている。

日本初の貨幣は、708年（和銅1年）の和同開珎だ。これは、621年（推古天皇29年）に唐で発行された開元通宝をモデルにしている。

710年（和銅3年）から始まる平城京は、唐の律令制度を徹底的に模した政治システムだったため、貨幣も唐に倣って鋳造されたようだ。

和同開珎1枚が1文、それで米が2キロ買えたという。また、新成人が1日働いた労賃でもあった。

とはいえ、通貨の原料である銅の産出量が少なかったため、一般にはあまり流通しなかったようだ。

その結果、都以外では、相変わらずの物々交換経済が長く続いた。

私たちはそうした経済を「未成熟な経済状態」だと学んできたのだが、あらためて考えてみるとある意味で最も堅実な経済ではないかと思える。

物々交換の経済社会では、互いの欲しいモノがそこにあれば、直ちに流通が成立するし、なければ成立しない。それはある意味、健全にして確実な経済だ。

現代社会は、「カネさえあれば何でも買える」というのが一定の通念になっている。しかし、それはモノがあってこそ成立する。人口爆発や地球上の砂漠化などによって食糧危機などが引き起こされれば、どれだけカネがあっても食料など買えないかもしれない。

そのような視点から不動産を考えると、違う価値観が見えてくる。毎年日本一高い地価に躍り出る銀座4丁目の交差点付近だが、その「高額」は、日本一おいしい米が大量に収穫できるから「値段の高い土地」なのではない。ただ、人が集まる繁華街の中心地だからで、そこにカネが集まるであろうという期待値で、地価が跳ね上がっているに過ぎない。

つまり、貨幣経済が正常である時のみ大きな富をもたらすという危ういものなのだ。

かつての金座が火薬庫になる日

江戸時代、銀貨鋳造所を銀座と呼んだように、金貨（小判）を鋳造する「金座」も存在した。江戸幕府による金座は小判座と呼ばれ、銀貨のように専用の鋳造所を構えたわけではなく、京と佐渡の職人が鋳造したものが、江戸にある小判座で検定されて流通していた。

その後、元禄年間（１６８８～１７０４年）に全ての小判を江戸で鋳造するようになる。金座の誕生である。現在の日本銀行本店は、その金座跡に建っている。

日銀の重要な業務の一つは、日銀券（現在日本で流通している紙幣）の発行だが、日銀券を印刷しているわけでない。それは独立行政法人国立印刷局の管轄で、東京、小田原（神奈川県）、彦根（滋賀県）などの６カ所で印刷されている。

とはいえ、かつて金座があった場所が、現在も日本の通貨制度をつかさどる中枢であるのは、間違いない。しかも、政府からは独立し、政治的な影響を受けないのが建前だ。１９９７年（平

金座通りは日本橋人形町と日本橋浜町を結んでいる（筆者撮影）

成9年）に全面改正された日本銀行法によって、日銀の目的は、「物価の安定」と「金融システムの安定」であると規定された。

しかし、現在の日銀と言えば、アベノミクスを牽引《けんいん》するなど、政権の意向を汲んだ方針を立てることにご執心だ。そして物価上昇を誘導し、金融システムの安定よりも刺激ばかりを求めている。その上、「デフレからの脱却」という名目で、財務省が膨大に発行する赤字国債を事実上、引き受けるという禁じ手を何年も続けている。

なぜ、そんなことができるかと言えば、日銀なら日銀券を無制限に発行できるからだ。

かつての江戸幕府も、景気のてこ入れなどで、小判を何度も改鋳している。その度に、

1枚あたりの金の含有量が減り、結果として経済の混乱を招いた。

そして金座跡に鎮座する21世紀の日銀もまた、ひたすら紙幣を発行し続けている。そのうえ頭領は、それをもって「景気が回復した、デフレ脱却まで、このまま日本国債を買いまくる」と息巻いている。

小判をはじめ、かつて貨幣にはそれなりの重みがあった。高額の小判が支払われたなら、その重みは格別となる。やがて時代と共に貨幣は、はるかに軽い紙幣となり、今や電子決済となった。その結果、カネの重みが空気のように軽くなり、実体経済の総額と流通する紙幣数の乖離《かいり》が進んでいる。

それでも政治的成果を上げるため、今日も日銀は疾走する。

マネーという怪物が、いつか制御不能となるかもしれない原因を、日銀は孕《はら》んでいる。現代の火薬庫の危険性は増すばかりだ。

金《きん》が揺るがした国際金融

金が貨幣社会にもたらした影響は大きい。各国の経済規模が拡大し、硬貨に代わり紙幣が通貨の主役となったのも、金の存在があったからだ。

1000円札と1万円札であっても、素材はいずれも「紙」である。鋳造される硬貨とは違い、金額が記されただけの紙そのものには全く価値の差はない。

にもかかわらず紙幣が流通できたのは、金本位制による兌換《だかん》紙幣だったからだ。兌換紙幣とは、金額相当分の金との交換を保証する紙幣のことだ。欧米はもちろん、明治以降の日本でも、紙幣といえば兌換紙幣を指した。

兌換紙幣の正式名称は日本銀行兌換券で、紙幣にはたとえば「此券引換ニ金貨拾圓相渡可申候也」（この券と引き換えに金貨拾円を相渡すべく申候なり）などと記されていた。ちなみに現在の紙幣は、正確には日本銀行券と呼ぶ。これらは、金とは交換できない不換紙幣だ。

流通するには不便な硬貨に代わって紙幣が登場すると、通貨の流通は爆発的に拡大した。

それが、資本主義社会を積極的に後押しした。また、金という世界共通価値の貴金属が担保になったので、国際金融も活性化した。

金本位制の導入で、決済に硬貨が使われることはまれになり、「カネの重み」は軽くなった。

さて、金本位制の導入によって富国強兵、殖産興業を突き進んできた日本だったが、思わぬ落とし穴にはまった。

兌換紙幣である日本銀行券（つまり紙幣）の保有者は、いつでも金と交換できた。それは所有者が外国人でも同様の扱いだった。そのため第一次世界大戦勃発による世界的不況で、外国人投資家が金を求めて日銀に殺到し、金保有高が激減してしまう事態が起きた。

金の国外流出を止めようと１９１７年（大正６年）、当時の寺内《てらうち》正毅《まさたけ》内閣は、金の輸出を禁止した。

しかしその程度の処方箋では日本経済は安定しなかった。そして遂には不幸な事件が起こる。

国際金融の活性化があだになり……

1932年(昭和7年)2月9日――。選挙応援のために会場となった小学校を訪れようとした井上準之助《いのうえじゅんのすけ》前蔵相が、暴漢に射殺された。世に言う「血盟団事件」の始まりだ。

茨城県大洗町《おおあらいまち》を拠点に政治活動を続ける井上日召《いのうえにっしょう》が結成した血盟団は、「ただ私利私欲のみに没頭し国防を軽視し国利民福を思わない極悪人」として大物政治家や財閥重鎮らを標的にして、メンバーに「一人一殺」を命じた。

井上前蔵相は、1917年(大正6年)に輸出禁止となった金の輸出を解禁した人物としても知られる。その政策によって、血盟団の最初の犠牲者になったのだ。

第一次世界大戦後、国際秩序が戻ってくると、先進各国は金の輸出禁止を解いた。それによって、国際経済も徐々に活気を取り戻す。

ところが、日本はなかなか解禁に踏み込めない状況が続いていた。かつて日本の金が外国に買い漁られて、経済が大混乱に陥るという苦い経験があったからだ。そのため、解禁すれば、たちまち国益を損失すると考える者が少なからずいた。

しかし、1929年（昭和4年）に首相となった浜口雄幸《はまぐちおさち》は「産業の国際競争力を上げて景気回復するには、金解禁は必須だ」と、考えていた。そこで、日銀総裁も務めた井上準之助を蔵相に迎え入れ、1930年（昭和5年）に金解禁に踏み切る。

いよいよ施行という時にアメリカに端を発する世界恐慌が、世界を襲う。その影響について、浜口政権は米国内に限定されると判断した。

そのため、恐慌に対する備えが甘くなり、日本の金は膨大に海外流出してしまう（解禁半年で2億3000万円＝現在換算約1兆1000億円）。日本国内では、銀や生糸、米の価格が暴落し、大不況にあえぐ結果に陥った。

井上準之助はそれでも金輸出と金本位制の維持を変えず、結果として経済はさらに悪化する。そして犬養毅《いぬかいつよし》内閣に代わった1931年（昭和6年）に、金輸出は再び禁止となり、金本位制も廃止されてしまう。

それでも不況から脱出できない状態が続いた。国民の生活はどんどん苦しくなり、やがて軍部の台頭も起きて、政財界が国を滅ぼすという国民の怒りを買う。

そうした社会背景が血盟団事件を生んだのだ。

血盟団事件は、その後の日本の金融のあり方に、警鐘を鳴らした。

たとえば、金融は国境も政治体制の壁もあっさりと超えてしまう存在になったことだ。言語では理解し合えなくても、ドルや円の価値なら、誤解は生まれない。地球規模でしっかりと繋がった金融は、一見「世界は一つ」の理想を叶えたかのように見える。だが現実は、一層シビアになったということだ。つまりいくら自国の経済が安定しても、経済大国の影響を受け、たちまち国家が滅亡の危機に陥る。

浜口内閣時代の「金解禁」の騒動は、日本がそうした国際金融の怖さを思い知った瞬間だった。残念ながら、現在に至るまで、日本の金融は、血盟団事件の反省が生かされているとは言いがたい。

経済大国になっても、日本経済は常に外国の金融事情の影響を受けている。また、バブル経済崩壊後は、日本の株式市場に大量の外国人投資家資金が入った。それ以降は、日本的常識や忖度も通じなくなった。

貨幣→紙幣→電子決済と以降していくにつれて、扱うカネの総量が爆発的に膨張し、今や想像を遥かに超えた単位のカネが世界を駆け巡っている。

しかし、所詮、お金は経済の流通を潤滑にするための道具なのだ。なのに、21世紀の世界経済はその道具の奴隷に成り下がっている。

実感なきカネの暴走が世界を破滅させる

２００３年（平成15年）に発表した『連鎖破綻――ダブルギアリング』（ダイヤモンド社刊）では某生命保険会社を幾つか取材した。その席で「保有契約高が１００兆円もあると、金庫もメチャクチャ大きいんですよね」と尋ねたら、とても驚かれた。

相手は、冗談だと思ったようだが、経済音痴の私には素朴な疑問だった。１００兆円の現金を管理するには途方もないスペースが必要ではないのか。

もう一つわからないのが日本のＧＤＰ（国内総生産）は約５００兆円だが、実際の紙幣流通額は、１００兆円余りしかないという状況だ。日本の財政赤字は既に１０００兆円を超えているから、国債を現金で耳をそろえて返せなんて言われたら、大変なことにならないのか。

だが世の常識人たちはそんな莫大な現金が求められる事態など絶対に起きないと、断言する。

貨幣経済は貨幣で決済されるはずなのに、流通貨幣と実体経済がかけ離れたこの状態を、誰もおかしいとは思わないようだ。

なぜなら既に多くの決済は電子で行われており、高額の取引を現金で取引するなんてあり得ないからだ。

ＩＴ革命とドル資本主義の時代とも言われる20世紀末以降、世界経済は爆発的に膨張している。

ＩＴ革命があったからこそ、世界中の決済がコンピューター上で可能になった。つまり、数字の移動という事実によって決済は完了するわけで、そこにカネの重みを体感する機会はない。

そして、今やクレジットカードが一枚あれば、何でも買える時代になった。この簡便さに慣れるのは危険なのだが、こういう議論はあまりされない。

当たり前の話だが、カードでもネット決済でも、自由に買い物やビジネスはできるけれど、資金には限界があるし、どこからか湧いてくるわけではない。

それをうっかり忘れると、身の破滅を招く。２００８年（平成20年）のリーマン・ショックが、瞬く間に地球規模で拡大したのは、電子決済とドル資本主義が世界中に浸透して、世界のお金の流通が一つにつながっていたからだ。この現象を考えるたびに、私は旧約聖書に記されたバベルの塔を思い出す。

「創世記」にあるその物語では、人間は共通言語を持っていたとされる。そしてある時、「我々の為に名をあげよう」と天にも届く塔を造ろうとする。それを知った神は怒り、塔を破壊し、互いの言語が理解できないようにした。塔をドルに置き換えると基軸通貨としてのドルが「世界共通言語」で、世界中の民が良識も忘れて強欲の限りを尽くしたために、神の逆鱗《げきりん》に触れた結果がリーマン・ショックのように思えるのだ。

その反動のように、トランプ大統領の登場や英国のＥＵ離脱といったグローバリゼーションを否定する出来事ばかり起きる２０１７年（平成29年）——。

いま一度、お金の重みを考える時がきている。

日本一地価が高い東京・
銀座4丁目交差点付近
（筆者撮影）

EPISODE 9

IRは日本復活の成長産業となるのか

［週刊エコノミスト：2017年2月14日号〜3月7日号］

シンガポールの名所となった五つ星ホテル
「マリーナ・ベイ・サンズ」の屋上プールから望む
シンガポール市街地（筆者撮影）

ＩＲという名のカジノ誘致が起こす波紋に注視

２０１６年（平成28年）12月、「特定複合観光施設区域の整備の推進に関する法律」が、衆議院本会議で成立した。これは一般に「ＩＲ推進法」と呼ばれている。つまり、日本経済の起爆剤になるといわれているカジノ誘致のための法律といった方がわかりやすいかもしれない。

ＩＲとは、統合型リゾート（Integrated Resort）を指すのだが、その言葉の裏側に、国民感情を刺激したくない素顔が隠されている。

あくまでも私個人の解釈だが、ＩＲの実態とはカジノを中心としたエンターテインメント施設と国際会議場《コンベンションホール》の融合体である、と考えている。

日本国内には既に多数の国際会議場やテーマパークなどの施設が存在する。それらを改めて法律で規定する必要はない。ところが、カジノだけは、「賭博《とばく》場」として、非合法施設とされてきた。それが、同法案の誕生によって、ようやく合法化されたのだ。

法律によれば、内閣府の外局であるカジノ管理委員会が認め、かつ「特定複合観光施設区域」

内に立地するＩＲのカジノだけが合法となる。うがった見方かもしれないが、政治というものは反対運動が起きやすいと推測される法律を制定する場合、政府は「曖昧な表現」をする傾向があるように思う。

もっともカジノ誘致に熱心だったのは、石原慎太郎元東京都知事で、１９９９年（平成11年）に都知事に初当選した時から都民に訴えていた。当時は、「カジノ＝賭博場」のイメージが強く、いつの間にか話題に上らなくなる。しかし、シンガポールがＩＲによって大きく経済発展したことから、今度は国家レベルでカジノ熱が再燃した。

それに、主要先進国のうちカジノ施設がないのは日本だけで、先進国と自負するならカジノは必須だという声も大きい。

カジノ誘致に熱心な関係者の多くは、「新たに開発するのは、カジノではなくＩＲだ」と声をそろえる。つまり多様性のある統合型リゾートを目指すのだから、アイテムはたくさんそろえなければならない。その一つとして、カジノも必要だという理屈だ。

そのうえ、ＩＲを中核拠点《ハブ》にして、人とモノ、そしてカネが集まる――ならば政府が進めている訪日外国人旅行者《インバウンド》推進の一助ともなる。ＩＲは日本復活の福音なのだ、と彼らは熱弁を振るう。

しかし、国際会議場なら既に多数存在している。これらが連日大入りで、ニーズに応えきれないという話も聞かない。さらに、千葉県と大阪府にあるテーマパークは大盛況だが、それ以外の大規模集客施設の多くは経営難に陥っている。

そんな状況で、ＩＲが本当に日本経済の起爆剤となるのか。

それはあくまで建前の美辞麗句で、本音としては、成長産業の創出が厳しくなって、最も金もうけがたやすいジャンルに手を付けたということではないか。

シンガポールの「神話」への疑問

シンガポールのＩＲはオープンから４年で、外国人旅行者数が年間１５００万人を超えた。ＩＲ誕生以前の１・５倍以上の増加となり、この数字によってＩＲは大成功だという「神話」ができた。

とはいえ、シンガポールは、最初から大乗り気でカジノ導入を決めたわけではない。同国の建国者で、長年首相を務めた故リー・クアンユーは、開発に反対していた。カジノの出現によって、国民が堕落しないかと心配したのだ。

そもそも、国土面積が日本の500分の1以下というシンガポールには、国際競争力のある産業も資源も乏しく、国際金融と観光で稼ぐしかなかった。しかし、頼みの観光業が衰退傾向で、立て直しのための起爆剤が必要だった。

そこで、国際会議場などを併設したIRの開発で、打開を図ったのだ。そこにはカジノを受け入れつつも、世界中から人が集い交流するIRという場のあくまでも一部に過ぎない位置づけにしたいという、クアンユーの強い思いがある。

たとえば、シンガポールの新名所ともなった五つ星ホテル「マリーナ・ベイ・サンズ」で、カジノが占める面積は、総面積のわずか3％に過ぎない。そして、実際の収益は、カジノが全体の70％を占める。

シンガポールに行ってIRについて取材する前は、日本が強くIRを推進したいのであれば、ひとまずカジノの開発を見送るという選択肢もあるのではないかと、私は考えていた。

しかし、IRの成功を支えているのがカジノであることは自明で、カジノ抜きのIRは無意味なのだ。

シンガポールには他に、もう1カ所、「リゾート・ワールド・セントーサ・カジノ」がセントーサ島にある。セントーサ島はリゾート地区として、島全体を開発して、テーマパークや水族館など家族連れでも楽しめる施設が満載だ。そしてシンガポールはハードの有効利用がとても上手い。東南アジアのハブとして積極的に国際学会や見本市などを誘致し、非カジノ客の取り込みにも熱心だ。

これらの状況を見て、永田町や東京都、大阪府などの行政関係者は、経済活性化の起爆剤としてＩＲに期待しているのだ。

しかし、複雑に入り組んだ既得権者とのバランスで成長してきた日本に、大胆な革新が本当に可能なのだろうか。

日本だから成功できるＩＲの具体的な説得力を、私はまだ見つけられずにいる。

カジノはギャンブル、パチンコはゲーム!?

「ＩＲ推進法」が成立したことで、ＩＲ内に限ってカジノが合法になった。しかし、この件に関連して整合性が求められるゲームがある。

パチンコだ。

風俗営業等の規制及び業務の適正化等に関する法律（風営法）では、パチンコは賭博ではなく、「ゲーム」の一つとされている。法律上ではゲームセンターのゲーム機と同じ扱いなのだ。しかし、景品をおカネに換えられる仕組みといい、実際は賭博に近いという指摘がある。パチンコの存在は、いわば日本独特のグレーゾーンなのだ。

そんなゲームが生活の風景としてしっかり定着している日本に、今度はカジノという堂々たる「賭博」が登場する。

パチンコ遊技場《パーラー》には、パチスロと呼ばれているスロットマシンがある。これはカジノにもある。すると、パーラー内のパチスロは遊技だが、カジノのスロットは、ギャンブルとして楽しむことになる。その違いについて、どう説明するのだろうか。

また、パチンコを常習的に行うことで発生しているギャンブル依存症の問題についても、先のＩＲ推進法の成立段階では、事実上、棚上げされた。

２０１４年（平成26年）に厚生労働省のギャンブル依存症研究班が、衝撃的な調査結果を発表した。それによると、ギャンブル依存症とされる人が成人全体では４・８％に当たる５３６万人に上り、男性は４３８万人（成人男性の８・７％）、女性は98万人（成人女性の１・８％）

いるという。世界平均が2％以下であることを考えると、非常に高い数値と言える。

もしかすると日本人は、ギャンブルの魔力に弱い民族かもしれない。

しかし、日本政府は、成長戦略の一つとして考えているのはカジノではなくＩＲであると主張するばかりで、これらの分析や対策には触れようとしない。これでは、問題を隠蔽《いんぺい》しているのではないかと勘ぐられても仕方ないだろう。

ギャンブルに嵌まるのは、心の弱い人だと指摘する人もいる。だが、大なり小なり、人は心の弱さを抱えて生きている。欲望という魔物は、その隙《すき》を虎視《こし》眈々《たんたん》と狙っている。

ハコモノビジネスを克服することこそＩＲの最大の課題

果たして日本に、ＩＲは必要なのか――。

あってもいいが、絶対必要ではない。少なくともアベノミクスを支える第三の矢である成長産業にはなり得ない、と私は思う。

先進国にカジノがないのは日本だけだとＩＲ推進派は必ず言う。

だが、ＩＲが国の基幹産業だと主張する先進国などない。ラスベガスがあるアメリカしかり、マカオを擁する中国しかりだ。シンガポールにおいても、国を支えているのは国際金融とビジネスで、そちらの方がはるかに存在感を示している。

確かにＩＲがもたらす恩恵も少なくはない。だからと言って成長産業などという大風呂敷を広げたら、世界中から笑われる。

さらに、ＩＲ推進派の多くは、世界中から人が集まるハブ的な場を提供することがＩＲの目的だと言う。

だが、日本はサービス産業の充実を声高に訴えながら、国際競争力があるサービス業が育たない国なのだ。

近年のインバウンドの増加も、日本のおもてなし文化が評価されたからではない。それよりもむしろ、日本の周辺諸国が豊かになったことと、日本の治安の良さ、安くても良いものが豊富であることが集客の源である。

言ってみれば、アジア諸国で沸き返っているバブル景気をお裾分けしてもらっているに過ぎない。

さらに戦後70年余り、経済成長の中で、日本が結局一度も克服できなかった大テーマが横たわる。

それは、ハコモノ行政（ビジネス）からの脱皮だ。

ハードは優秀だが、その箱を有効活用するソフト力は、情けないほどお粗末なのは今も昔も変わらない。メディアも政治家も、そして国民も「ハコモノ行政から脱し、素晴らしい施設にふさわしい日本のオリジナリティーを発信するソフト力をつけよ」と叫び続けている。

ＩＲは、このジンクスの壁を果たして飛び越えられるのか。

Maybank
HSBC
STRAITS TRADING
STRAITS TRADING
THE FULLERTON HOTEL

国際金融業やシンガポールの独自性を生かした国際会議場など、都市国家としてのハンディを武器に変えたシンガポール。日本が学ぶべきは、その発想力ではないのか（筆者撮影）

EPISODE 10

問われる震災復興

［週刊エコノミスト：2017年3月14日号～4月18日号］

学校施設全ての保存が決まった
気仙沼向洋高校の旧校舎。
2017年2月（筆者撮影）

6年目の再出発・新しいまちができた

東日本大震災から、まもなく6年を迎える。果たして、被災地は復興したのだろうか。そもそも復興とは何なのか。それを考えるために久しぶりに現地を訪ねた。

初めて被災地を訪れたのは2011年（平成23年）7月だった。仙台から石巻、女川、南三陸、気仙沼、陸前高田、大船渡まで、数日かけて巡った。当時、主要道路の交通事情は既に支障はなくなっていたが、沿岸部は我が目を疑うような光景とヘドロに埋もれたり、凄まじい力で破壊された建物の残骸が至る所にあった。

以降、不定期ではあるが、数カ月ごとに訪れるようになった。何度通っても、復興どころか復旧すら進まない被災地の深刻さばかりが印象に残った。

そして、ようやく各地での変化が顕在化してきたように思う。5県の沿岸部をまたぐ規模ゆえに被災地の間で格差が生まれ、中には復興の意味を問いたくなる場所もある。

そして震災6年目の話題を独占しそうな活気を見せているのが、JR女川駅前の商店街「シーパルピア女川」だ。女川町の被害は甚大で、埠頭《ふとう》施設がなぎ倒されたり、建物が横転するなど震災の凄まじさを象徴する町の一つである。

駅舎流失など大きな被害を受けた女川駅とその周辺施設は、約２００メートル内陸側に移設して、２０１６年（平成28年）3月に再開にこぎつけた。

併せて、駅から海へとまっすぐに伸びる約２５０メートルの歩行者専用道路《プロムナード》と商店街シーパルピアを開設、２０１５年（平成27年）12月にグランドオープンした。

駅からシーパルピアを望むと、海がとても近く感じられる。震災以降、被災地は津波対策として、海が見えないほどの高さのある防潮堤を築いている。なのに、このまちは防波堤を建設しなかった。聞けば、復興計画では海が見えることにこだわったという。そして住宅を建てず、商業施設では夜間宿泊を禁止することで、この構想は実現した。

テナントは順調に埋まっており、震災前から周辺で営業していた飲食店や、地元の海産物を使ったせっけんショップなどが軒を並べている。

さっそく真新しいプロムナードを歩いてみた。山の緑と海の青が拮抗《きっこう》する女川独特の風景が全方向に広がってとても開放的だ。

過疎の問題や若者の減少など被災地には、日本の地方自治が抱える諸問題が山積みされている。

女川のシーパルピアは、それに対する一つの答えかもしれない。

決して楽観はできないものの、少なくとも人を呼び込むための独自性やホスピタリティーの準備は整いつつある。いずれ同様のコンセプトを掲げた競合地が次々と現れるだろう。被災地への関心も薄れつつあるその変化の中で、シーパルピアがたくましく成長してくれることを願う。

そのために必要なのは、まちの発信力と「また来たい！」と思わせる工夫を常にアップデートし続ける地元の行動力だ。

砂塵舞うかさ上げの丘に、にぎわいのまちが生まれるのか

東日本大震災の被災地の復興が進まない要因の一つに、まちの再建に際して、土地のかさ上げが義務づけられていることが挙げられる。

地震によって沿岸部が地盤沈下したのと、再び大津波に襲われた時の被害防止のためにかさ

上げが必要だと言われている。

この工事が一旦始まると、まるで山を切り開いて生まれた新造成地のような風景が出現し、かつての面影は全く失われてしまう。

被災地を車で走っていると、人工の山が右に左に連なって見えてくる。造成中とは言え、土の塊のような小山を見上げながらその谷間を走ると奇妙な圧迫感で苦しくなる。一体どこまで土砂を積み上げるのか。そして、そこにどんなまちが生まれるのか。

ブルドーザーは容赦なく土砂を運び込み、画一的に整地していく。辺りには砂埃《すなぼこり》が舞い、砂《さ》塵《じん》の中に見えるのは、再開発の掛け声と先行きの不安ばかりだ。

そこで暮らした経験のない者からすれば、スクラップ・アンド・ビルドの胎動と感じるかもしれない。だが、震災以前から暮らしている人にとっては、「それまでの記憶を捨てよ」と言われているような痛みを伴うのではないか。

災害に強いまちづくりは重要だ。だが、それ以上に重要なのは、「もう一度ここで暮らし、働きたい」と思わせるだけのまちの創出ではないか。

震災から6年を経ても、かさ上げされた場所にまちが生まれた例は少ない。いずれのエリアも壮大な都市計画は掲げているが、工事がひたすら続く。工事はいずれ終わるだろうが、震災から長い歳月を経てしまった今、再び元いた街で人生をやり直そうと決意する人がどれほどいるのだろう。

生きるためには何よりも仕事が必要だ。多くの被災者は、別の場所で職を探し、家を借りて新生活を始めている。年月がたてばたつほど、地元へのリターンは難しくなる。

だが、現状を見る限り、多くのものが時すでに遅しとなる気がしてならない。

「震災遺構」は何を語るのか

２０１６年（平成28年）12月、宮城県気仙沼市は、「震災遺構」として保存・公開を検討していた県立気仙沼向洋高校旧校舎（同市階上《はしかみ》地区）を、当初の一部保存から、全ての建物を残す方針と発表した。

沿岸部から５００メートルほどの内陸に位置する同校を、震災時に高さ約14メートルの津波が襲い、校舎４階までを破壊した。校舎には生徒約１７０人がいたが、教員と生徒たちの機敏な対応で、犠牲者を一人も出すことなく、全員退避。震災における学校対応のモデルとしても注目された。

気仙沼市の震災遺構といえば、陸に打ち上げられた巨大漁船（同市鹿折《ししおり》地区）が印象深い。しかし、一旦は遺構として保存を決めたにもかかわらず、地元住民などの反対で、市長が撤去を決めた。

他にも、岩手県陸前高田市の松原で唯一残った「奇跡の一本松」など、震災遺構についてはさまざまな議論や批判がある。

震災の記憶をとどめようという行為は、とても重要だ。時間経過と共に、人々は巨大津波のことも、大きな被害のことも忘れがちになる。震災の爪痕が残る遺構の存在は、その警鐘になる。だが同時に、被災者にとっては二度と目にしたくない「恐怖の記憶」でもある。

部外者からすれば、「震災を忘れないためには残すべきだ」と思っていたが、「忘れてしまいたいモノをなぜ残すのか」という被災者の気持ちは尊重しなければならない。

そのため、行政は「被災者の一部からでも反対があれば、残さない」という安直な結論に逃げがちだ。

あえて安直というのは、これまでのケースはどれも、そもそも震災遺構とは何かを定義づけもせず、周囲の意見に右往左往した挙げ句に臭い物には蓋をするような対応をしたという印象が強いからだ。

震災から年月を経て、感情的な混乱も落ち着いてきた。徐々に冷静に震災被害を振り返る時、多くの人が痛感していることがある。それは、もっと被害を少なくできたのではないかという後悔だ。

大地震直接の被害で命を落とした人は少ない。大半は津波によって命を落としている。大津波が沿岸部を襲ったのは、地震発生から30分以上経過した後だ。この30分間にどう対応したのかが、生死の境目だった。

だとすれば、多くの尊い命を無駄にしないためにも、二度と同じ過ちを繰り返さないことが重要なのではないか。

そのためには、後世に教訓を伝える覚悟を以って震災遺構の定義づけと関係者による意見交換を時間をかけて行うべきではないか。

今や世界文化遺産にも登録されている広島市の原爆ドーム（広島平和記念碑）を、広島市が永久保存しようと決めたのは、１９６６年（昭和41年）のことだ。原爆投下から実に21年後だ。その間、侃々諤々《かんかんがくがく》の議論、そして若い世代が訴えた平和への願いが結実して、最終決定されたと聞く。

まだ6年――。我々が東日本大震災で突きつけられたものを後世にどのように伝えるのかを明確にする作業は、とことん議論しつくしてほしい。

被災地の復興を、地方創生のモデルと期待していたが……

大津波によってまちも産業も消失した被災地が復興に成功すれば、その実例は、全国の自治体の創生に大きく寄与できるのではないか。

事実、政府としても復興支援に膨大な資金を用意した。これがうまく回れば、通常では到底できそうにもない大胆な革新をもたらす可能性が大いにあったのだ。

たとえば、福島県の放射能汚染エリアに世界中の原子力に関わるあらゆる研究所の出先機関を集めて、甚大事故の影響と推移を見守る一大原子力研究ゾーンとして生まれ変わることもできたのではないか。

福島第1原子力発電所での事故が人類最後の原発トラブルではない。だとすれば、この事故の全容と教訓を後世に伝える努力をした方がいい。

取り壊しが進む旧「南三陸さんさん商店街」（筆者撮影）

だが、蓋を開けてみると、政府は、かけ声こそ立派だったが、実際には地方を「創生」する具体案を示していない。もちろん、実験的なまちも産業地帯も構想すら持ち上がらなかった。それどころか、暗に、「今後は自己責任でサバイバル競争を生き抜け」と言わんばかりだ。

詰まるところ、またもやお得意のハコモノ的場所を造ることで精いっぱいのようだ。

まちは産業が生まれなければ、創生できない。

他所にない産業を生むこと——。これが、地方創生の第一歩だが、その試みのひとかけらも被災地からは生まれなかった。

なぜ、こんなに消極的になってしまったの

2017年4月末に閉鎖された気仙沼市の仮設商店街「南町紫市場」（筆者撮影）

だろうか。

被災地は「可哀そうな存在」で、そこにビジネスチャンスなどという発想を持ち込むなんて失礼だというムードがあったことで、誰も意見が言えなくなったのではないか。

また、各県と沿岸自治体の思惑にも、大きな乖離《かいり》があった。県としては、莫大な復興資金を得るチャンスを生かしたいと思ったのだろうが、実際には、地元軽視に近い対応ばかりが目立ち、結果的には被災地に新風を起こすような事業はお目見えしていない。

そればかりか、地方自治体に内包していた重大な弱点も露呈してしまった。地方自治体には我がまちのアイデンティティーも、まち独自の未来のビジョンもなかったことが、はっきり示されたのだ。

政府の補助金がもらえるなら、その自治体にそぐわなくても、何でも実行する。その一方で、これぞ我がまちと言えるような提案力がないため、被災地復興資金のような自由度の高い資金は持て余してしまう。

被災地を訪れる多くの部外者は、「なかなか復興が進まず大変そうだ」と口をそろえる。では、あなたが住むまちはどうなのだ。座して死を待つ衰退を前に、あなたのまちは、どんな取り組みをしているか。

震災復興の問題は、日本全国の都市の問題なのだ。

宮城県石巻市にて（筆者撮影）

EPISODE 11

韓国は近くて遠いのか

［週刊エコノミスト：2017年4月25日号〜6月6日号］

光化門広場に並ぶ朴大統領（当時）
批判のオブジェ（筆者撮影）

大統領は神なのか。商談の失敗も大統領の責任という不思議

米国のトランプ大統領騒動と欧州連合《EU》の右傾化の陰で、韓国が揺れている。大統領弾劾という前代未聞の辞任劇を経て、朴槿恵《パククネ》氏は収賄罪で逮捕された。

内外共に何かと騒がしくなってきた隣国の首都ソウルを、朴氏が罷免される直前の2017年（平成29年）2月初旬に訪ねた。

海外取材に出かけるたびに、その国の本質を誤解していたことを痛感してばかりの私は、海外取材に際しては、その国の専門家にヒアリングするなど入念に準備してから臨むよう心がけている。

今回の渡韓は、朴槿恵騒動で揺れる首都をウオッチするためではなかったのだが、時期が時期だけに会う人とは必ず大統領の問題が話題になった。

そこで、韓国人にとっての大統領とは、どういう存在なのかを尋ねてみた。

「大統領はすべての事象について責任を持つべき、という考えが韓国にはある。たとえば、自

分の人生にとって大切な日が雨になれば、大統領のせい。今日の商談が失敗したのも、失恋したのも全部大統領に責任があるんです」

最初はジョークかと思ったのだが、何人もが同様の話をする。つまり、大統領とは万物をつかさどる神にも等しい存在というわけだ。

これじゃあ、おちおち政治家になんてなれないし、やってられない。

そもそも儒教が精神的支柱だった韓国では、為政者の行いが良ければ、万事うまくいくのが当然という考えが根底にあるようだ。

したがって、大震災や台風などの自然災害で多くの被害が出たら、すぐさま大統領の政治に対して天罰が下ったという結論に至る。

今や日本を追い落とす勢いの先進国に成長したと自負している韓国民のエリートが、国民気質として、この感覚を口にすることに驚いた。

21世紀になり、どれほど先進国になろうとも、「お上」に対する彼らの価値観はそう簡単には変わらないようだ。政治思想が左右どちらであっても、誰もが朴大統領が弾劾されるのは当然だと言った。そして、全員が、そのきっかけとしてほぼ同じ事例を引き合いに出した。

「朴大統領を許せないと思った最大のきっかけは、（2014年の）客船セウォル号沈没事故の対応のまずさだった」と。

大惨事となった海難事故の対応ミスから始まった大統領弾劾

2014年（平成26年）4月16日――仁川《インチョン》港から済州島《チェジュド》へ向かっていた大型旅客船セウォル号が、朝鮮半島南沖で転覆沈没するという事故が起きた。死者・行方不明者計304人、捜索作業員死者8人を数える大惨事となったが、何よりも悲劇だったのは、修学旅行の高校生の団体が乗船していたことだ。

あまりに痛ましい事故に韓国中が悲嘆する最中、乗客の安全確保を放棄して真っ先に船から脱出した船長ら乗員の行動が発覚。さらには、救助態勢の不備や韓国が内包する官僚制度の腐敗も原因と言われ、いつしか事故は、事件へと変わっていく。

「迅速かつ適切な救助活動をすれば助けられた、尊い命が失われた」という遺族の怒りに、国民はたちまち同調した。

捜査当局は、船長ら責任者を殺人罪で逮捕、遺族の怒りの鎮静化を図った。しかし、遺族の怒りは収まらず、徐々に「こんな大惨事が起きたのは、大統領のせいだ」という独特のムードが漂い始める。

個人的にはこじつけにもほどがあると思うが、商談からお天気まで悪い結果が出たら「大統領のせいだ」というのが韓国の常識だとすれば、セウォル号沈没事故は、政権を揺るがしても当然の出来事だったのだ。実際、朴槿恵大統領（当時）にも、その危機感はあったようで、事故現場に足を運び救命を指示したり、「我先に逃げた船長は死刑だ」という発言をしたという報道もあった。

そして事故発生前には70％を超えていた大統領支持率が、約2週間後に48％に低下（民間世論調査機関「韓国ギャラップ」）。動揺した大統領府は、政権への責任追及回避に動くが、「大統領は責任転嫁をしているのではないのか」という国民の不信感を増幅させるだけだった。そんな時、ある噂が流れる。

「セウォル号の事故の当日、朴大統領は7時間ほど行方不明だったが、実は親しい友人と密会したようで、それが事故の対応を遅らせた」というのだ。

大統領府は「デマだ」と打ち消すものの、朴氏の「空白の7時間」の説明はなかった。その態度が、さらに国民の怒りに火をつけた。

大統領の責任を問う声は、日増しに強くなる。そして、2016年（平成28年）秋、李朝（李氏朝鮮）時代の正宮・景福宮《キョンボックン》前の光化門《クァンファムン》広場を拠点に、大統領辞任を求める市民デモがついに始まった。

光化門広場の拠点に行ってみると、祭壇が設けられ、事故で亡くなった学生たちの生前の写真が何枚も展示されている。事故から3年近くたつというのに、慰霊に訪れる人が後を絶たない。市民がいかにセウォル号沈没事故を悲しみ、同時に、朴前大統領に怒っているのかが見て取れた。

ところで、朴前大統領に対する弾劾裁判で問題になっているのは、朴氏が、民間人の親友である崔順実《チェスンシル》氏に政治的なアドバイスを受け、見返りに便宜を図ったことと、複数の財閥から賄賂を受け取った事実のみである。

にもかかわらず、ソウルの街で会った人たちは異口同音に「セウォル号沈没こそが、朴槿恵を破滅に追いやった」と断言する。もし、あの事故がなかったら、大統領は辞めなくて済んだと言う人までいる。

セウォル号沈没事故が起きたのは、2014年（平成26年）の春だ。一方、朴前大統領の辞任運動がヒートアップしたのは、2016年（平成28年）の秋だった。それを考えると、セウォ

光化門広場には、朴槿恵前大統領や政治腐敗を非難するオブジェも飾られ、
さながら観光の新名所となっている（筆者撮影）

ル号事故こそが、朴前大統領を追い詰めた要因とするには、時間がかかり過ぎている。

朴前大統領と崔氏とのいびつな関係に疑惑が持ち上がり、そこにセウォル号沈没事故が絡んでいたことが大統領に対する嫌悪感に拍車をかけたのだろう。

いずれにしても、このムードを理解するのは難しい。

熱しやすく冷めやすい韓国国民の体質と言うのはたやすいが、大統領は国民を導く為政者であるという期待が高いからこそ、失望した時の怒りも大きいのだろう。それは、より純粋に国民が民主主義に参加しているからと取れなくもない。

ただ、日本人の感覚からすると、違和感を

覚える。やはり、韓国は近くて遠い国なのだろうか……。

物々しさ、熱狂、そして空虚――。少女像は何を語る

毎週水曜日正午から1時間、ソウル特別市鍾路《チョンノ》区栗谷路《ユルゴシノ》で粛々と続いているイベントがある。通称「水曜デモ」――。第二次世界大戦時に韓国人女性を従軍慰安婦として売春行為を強制したことに対し、日本政府に謝罪と賠償を求める抗議集会だ。デモが催されているのは在韓日本大使館が入居するビルの裏手で、そこには高さ約130センチのブロンズ製の少女像が設置されている。

ここ数年、従軍慰安婦問題は、日韓双方で大きな問題となっている。大使館裏にある慰安婦像とデモは、韓国側の抗議の象徴として、日本では捉えられている。

ただし、集会は1992年（平成4年）から続いている。当時、日本メディアによる従軍慰安婦問題の記事が端緒になり、韓国で反日運動が激化。抗議活動の象徴として、水曜デモが始まった。

そして、そのデモが1000回目を迎えた2011年（平成23年）12月に設置されたのが、少女像なのだ。

「ぜひ、見学するべきだ」と何人もの地元民に勧められて水曜日正午に、日本大使館裏に足を向けた。

歩道脇に設置された少女像の周囲を柵で囲み、周辺のスペースをデモ参加者が埋めている。次々と抗議パフォーマンスが繰り広げられ、感極まるとシュプレヒコールや合唱が響き渡る。それを取り囲むように至近距離からメディアと見学者がカメラを構えているが、それを咎める者はいない。

異様なくらい穏やかなデモ集会だった。デモというよりは、各自が溜め込んだ個々の感情の澱《おり》をここで吐き出して、スッキリしているようにも思えた。

一方、彼らを監視する警官らにも、緊迫した空気はない。デモを警戒するというよりも、デモで塞がれてしまった道路に歩行者のための通路を確保することに気を使っている。

我々を含め日本人の見学者やメディアがカメラを向けても、参集者はほとんど気にしていない。相当に用心して取材に来たのに、すっかり拍子抜けしてしまった。

言葉がわからないなりに聞いていると、朴槿恵大統領（当時）や大統領選挙の候補者の名前まで出てくる。

一体、この集会は、何の会なのだろうか。

デモといえば、日本では2015年（平成27年）から国会議事堂前で繰り広げられた「自由と民主主義のための学生緊急行動（SEALDs《シールズ》）」のデモが記憶に新しい。だが、どうもそれとも雰囲気が違う。

デモとは、やむにやまれぬ怒りや、信念に突き動かされる活動ではないのか。しかし、水曜デモには突き動かされるような熱気がないのだ。

25年間毎週、計1200回以上も続いている集会だから、形骸化は致し方ないのかもしれないが、米国や釜山に新たに少女像が設置され、抗議活動も行われている中、活動の原点とも言えるソウルでは、既に何かが失われていた。

韓国人に慰安婦問題を尋ねると、日本に対する非難を猛烈な勢いでぶつけてくる。にもかかわらず、現代日本のカルチャーは大好きだと言うし、それ以外の時はとても親しく話し、親切な対応をしてくれる。韓国人にとって、日本は憎悪の対象なのか、親近感を覚える隣国なのか。

ソウルに滞在経験のある複数のジャーナリストが言う。

「戦争問題を話題にしなければ、日本人と韓国人は本当に相性がいい。いずれにしても、日本人を本気で憎んでいる韓国人は少ない」

短期間の滞在ではあるが、そのことは私自身も実感した。少なくとも韓国人の多くが、反日感情を抱いているというのは、偏見だと確信した。

そして、従軍慰安婦の問題については センシティブになるものの、それも激怒や憎悪という言葉とは違う感情に思える。だからこそ、韓国にとって水曜デモと、少女像は重要なのではないのか。

このデリケートな問題を解きほぐすことができた時、初めて私たちは韓国という国と民を理解できる気がする。

米国に寄せる複雑な感情とクロスする対日感情

日韓の根っこは近いと感じられるのだが、明らかに異なるのが、対米感情だ。

文化はもちろん、エリート意識などにおいても韓国人は、日本人以上に米国への信奉が強い。

米国留学は勝ち組の必須条件と言われているし、政治、経済、そして軍事面でも米国なくして韓国は存在しないと言っても過言ではない。

たとえば1997年（平成9年）のアジア通貨危機の際に韓国の主要金融機関の多くは、米国系金融機関に買収されてしまう。そして、不穏な状況が続く北朝鮮問題にしても、韓国内では米国が積極的に参加するか否かが心配の種のようだ。

ソウル滞在中（2017年2月）に、地元のエリートらと話す機会があったが、彼らが何度も言及したのが、「THAAD（終末高高度防衛）ミサイル」の配備だ。

対中距離弾道ミサイルとして米陸軍が開発した迎撃ミサイルのTHAADミサイルは、北朝鮮の核ミサイル攻撃対策として、日本の防衛省も配備を検討していると報じられたこともあるが、今のところ配備の予定はない。配備の可能性が少しでも高まれば、日本では、国民感情への配慮も大変で、簡単に事は進まないだろう。

ところが、韓国では、在韓米軍が配備を決定している。

この差について「なぜ、日本への配備は、日米政府間交渉を経て決定されるのに、韓国には問答無用の配備なのか」と気にしているようだ。

THAADミサイル韓国配備については、中露が猛反発している。このところ中国との貿易関係が深くなっている韓国にとって、中韓関係を揺るがす問題でもある。

韓国の知識人は、こうした状況を指して「やっぱり、韓国はいまだに米国の植民地だ。とにかく米国に対しては、韓国は何も言えない」という怒りとも諦めともつかない感情を異口同音に発する。

著名な映画監督と会食する機会があった。その時の彼の言葉が忘れられない。

「日本で原発事故が起きた時、米軍が支援しようかと日本政府に尋ねにきて、首相が断ったそうだが、韓国だと問答無用で介入したと思う。その対応の違いが日韓だ」

日本は独立国だと米国に認めてもらっているのに、韓国は州の一つ程度にしか思われていない。

「米国には非難もクレームも言えない。日本へのブーイングはその身代わりかもしれない」

冗談交じりにその映画監督に言われた言葉で、日韓問題の複雑で見落としがちな視点に気づかされた。

なぜ、韓国新大統領誕生にエールを送れないのか

２０１７年（平成29年）５月、韓国に新しい大統領（第19代）が誕生した。文在寅《ムンジェイン》氏だ。朴槿恵前大統領の辞任直後から、最有力候補と呼ばれていた人物だ。

ただ、当確時から、一部の日本のメディアは、鵜《う》の目鷹《たか》の目で文新大統領の問題点を探していた。「日本にとって、最悪の人物が大統領になった！」という論調の日本メディアもある。

どうやら、文大統領は、日本メディアや政治家にとっては「たたきやすい」人物のようだ。

なぜならば、文氏は北朝鮮との融和政策を主張しているからだ。北朝鮮からのミサイル攻撃危機の中でも、スタンスは基本的に曲げなかった。また、従軍慰安婦問題についても、日本に対して厳しい姿勢を見せていた。

だが、選挙期間中に訴えた主張も大統領という重責を負った瞬間、実現しにくくなるものだ。それは、荒唐無稽な公約を次々と連発して大統領になった米国トランプ大統領が、ほとんど何一つ公約を形にできていないのを見ても自明だろう。

韓国において、大統領のミッションは、気候や営業の成否から、国民の幸せまですべてを「良く」することだ。だから、友達ばかり幸せにしたうえに、金持ちから賄賂を当然のようにもらっていた朴前大統領を、国民は許さなかった。

そして文大統領に求められるのは、豊かに暮らせる社会の実現以外にない。しかも、それはたやすい問題ではない。

失業率が10％に迫り圧倒的に非正規雇用が多い中、財閥関係者だけ依然として、富と権力を独占している。

さらに、北朝鮮と話し合う前に、国防を徹底しなければ、大統領失格のレッテルが貼られる。米軍の好きにさせないと叫んでも、実際、北朝鮮の攻撃を防ぐには彼らの支援が必要なのだ。対日強硬派だと言われているが、今、日本と事を構えたら、経済はさらに停滞するかもしれない。そういう状況もあって、首相に知日派の全羅南道《チョルラナムド》の李洛淵《イナギョン》知事を当てたのだろう。

文大統領は、自身が絶体絶命の立場にあるのは自覚しているようだ。

であるならば、日本が新大統領に対するスタンスは一つしかない。文大統領の可能性の幅が広がるような隣国なりの協力体制を敷くことだ。それが無理ならせめてお手並み拝見というフラットな態度を取ってはどうか。

隣国のリーダーにエールを送る余裕こそが、今必要ではないのか。
それができなければ、両国に立ちはだかる溝は、いつまでたっても埋まらない。

日韓が、距離も理解も近い関係になる日

ソウルの市街地を歩いている時、日本にいるような錯覚に何度も陥った。同じ東アジアでも、北京や上海、香港ではそんな印象は持たなかった。理由は不明確なのだが、繁華街など人の多い場所の雰囲気とか、味覚とか、五感に訴えてくるものが日本に近い。

街を歩き人に会えば会うほど、韓国と日本は同じ根を持つ国という印象が強くなった。

歴史的背景を考えれば、当然かもしれない。

多くの民族が集まり宗教的価値観が常に衝突し合う米国や、自己の利益を最優先し、その一方で世界の中心は自分たちにあると信じて疑わない中国とは明らかに琴線に触れる場所が違う。

だが、双生児ではない。日本から見ると、韓国は何事にも過剰反応するし、情熱的というより暑苦しい。そんなにライバル心を燃え上がらせなくてもいいのにと感じるほど、日本を意識

している。

滞在中に何度も聞かれたのが、「日本ではどうなんだ」という問いだ。

そんなに気にしてくれるなら、仲良くすればいいのだが、それがなかなか難しい。

米国の圧倒的な強さに抵抗できない状況があり、その怒りが日本にぶつけられている気もする。

日本は、世界中から「何を考えているかわからない」と思われている複雑系の社会なのだが、韓国は、もっとシンプルだ。いちずと言ってもいい。

だから、何事にも国を挙げて一直線で全力で行動する。

しかし、複雑系の社会は、結論が出るのが遅く、そのうえ、玉虫色のような曖昧《あいまい》な決着を求める。それが、韓国にはもどかしく、彼らが内包しているコンプレックスを刺激して、怒りを生んでしまう。

もっとも、かつてサッカーのワールドカップを日韓で共催したことで、両国の友好の絆が一気に深まった事実を顧みると、共に冷静になれば、こじれた日韓関係も意外とたやすく氷解できる気がする。

くしくも2018年（平成30年）に韓国・平昌《ピョンチャン》で冬季五輪が行われ、2020年には東京五輪が開催される。この両大会を、両国の友好構築のきっかけにしてほしいと思う。日韓は、距離も理解も近い国――。大混乱の時代である21世紀で生き抜くための、重要な関係ではないか。

【残念ながら、平昌五輪は、私の期待を完全に裏切った。韓国は、日本ではなく、北朝鮮と急接近した。文大統領は、世界のアマチュアスポーツの祭典をそっちのけで、北朝鮮を特別扱いした。また、それに米国も追随。日本は完全に立場を失ってしまった。米朝韓、そして中ロが加わった東アジアの新秩序が急速に進む中、日本だけが取り残されてしまう事態に陥っている。本書より先に、東アジア情勢を左右するプレイヤー全てから、「アディオス！ジャパン」と宣告されてしまったのだ。それでもどうにか日韓関係が現状維持できているのは、偏に日本の戸惑いが大きいからだろう。】

設置されている少女像は高さ約130センチの
ブロンズ製（筆者撮影）

EPISODE 12

沖縄は
可哀そうな場所なのか

［週刊エコノミスト：2017年6月13日号〜7月18日号］

住宅が取り囲む普天間基地。これを見れば、移転は当然にしか思えない（筆者撮影）

基地の正義――なぜ普天間基地は移設すべきなのか

２０１６年（平成28年）ゴールデンウイークが明けた日、沖縄に向かった。そして、基地の島と言われる沖縄本島を巡った。

基地問題のシンボルは普天間と辺野古だと、多くの日本人は考えているだろう。少し補足すると、宜野湾市にある米軍普天間基地を返還して、名護市辺野古へ移設するという日米間の合意を推し進めようとする政府と、沖縄県が対立しているという構図だ。

沖縄県は、第二次世界大戦の終結後も、米国の統治下であった。米ソ冷戦状態の影響で、ソ連、中国、北朝鮮、ベトナムを警戒し、威嚇するための拠点として沖縄は最適地だったからだ。

日本国内の米軍施設の約75％が沖縄に集中している。戦後しばらくは、日本中に基地があったのだが、１９５２年（昭和27年）の日米安全保障条約により、沖縄に移設が進んだという背景がある。

沖縄側の視点に立てば、沖縄は、日本の米軍基地を「一手に引き受けてきた」ことになる。

あまりにも複雑で根深い基地問題を本稿で語り尽くすのは不可能だ。そこで、あえて基本中の基本について考えてみたい。

まずは、沖縄県（自治体という意味ではなく、企業や県民を含む）は、本当に基地を全て移転させたいと思っているのだろうか。それは、現実的なのだろうか。

基地問題で議論される時に必ず指摘されるのが、沖縄経済の基地依存である。基地関連の労働者数は、県庁に続く第2位の多さで約9000人だ。そして基地関連の経済効果は2000億円以上とも言われている。客観的に判断して、沖縄経済にとって基地は必要不可欠だと考えるのが妥当だろう。

基地問題の細部をよく見ると、けっして皆が同じ理由で反対しているわけではないように思う。

たとえば、辺野古地区移設反対の急先鋒《きゅうせんぽう》であった翁長雄志《おながたけし》知事（2018年8月没）も、沖縄にある全ての基地に出ていけと訴えているわけではない。

また、よくよく話を聞けば、沖縄県民も米軍そのものがごっそりと沖縄から撤退するのを望んでいないように思える。

たとえば、米国のトランプ大統領が就任当初、沖縄の基地に対して日本が費用の負担増を受け入れないなら、基地を撤退させると発言したことについて、沖縄県民が大いに盛り上がったという話を聞かない。

では、沖縄の基地問題の本質はどこにあるのだろう。

それを考えたくて、普天間基地を見に行ってみた。高台にある嘉数《かかず》高台公園から、約480ヘクタール、東京ドーム103個がすっぽり入る広さの基地を望むと、周囲を取り囲むように住宅街が迫っているのが一目瞭然だ。

基地と住宅地を隔てるものは壁一枚――。これは決して大げさな表現ではない。その立地はあまりにも危険過ぎないか。

移転が政策的な俎上に載ったのは1996年(平成8年)。それから、20年以上たった今でも、基地は依然この地にあり、悪名高きオスプレイの駐機基地にもなっている。

なぜ、20年たっても普天間基地は移設されないのか。この放置状態にこそ、沖縄基地問題の正体が潜んでいるのではないか。

辺野古移転反対運動から垣間見える現政権の本質

普天間から辺野古への基地移転問題が長らく立ち往生したきっかけは、2009年（平成21年）の政権交代だという。民主党が衆院選挙のマニフェストに辺野古移転反対を盛り込んだこともあり、移転が暗礁に乗り上げてしまった。

そのうえ、民主党政権は迷走する。そして日米安保の重大要件を自国の都合で反故《ほご》にするのか、という米国の非難に対処することもなく、結果としては民主党政権の常套手段である「何も決められない」まま、時間だけが過ぎていった。

辺野古は、沖縄本島北東部に位置する。既に、この地区には米軍海兵隊のキャンプ・シュワブが存在しているし、何よりベトナム戦争時には、基地景気に沸いた地区でもある。勝手な想像だが、既に基地に対する免疫もあり住宅密集地でもないから、移転はスムーズにいくはずだと、日米の関係者は考えたのではないだろうか。

辺野古を訪れた日、海岸沿いにある移転反対運動のテントには留守番がいるだけで、底抜けに明るいブルーの海が広がるばかりだった。

美しい海やサンゴ礁を守ろうというのが、移転反対運動の旗印だ。貴重な自然資源を守ることは、地球に生きる人類の義務ではある。

だから、地元住民の感情はわかる。だが、これまでにもそういう場所に、日本は発電所や工業地帯、そして、基地を設けてきた。

たとえ反対の声が上がろうとも、時に国家は自国の安全保障のために強行措置を取る。それが国政なのだ。

なのに、これほどまでにこじれるのは、安倍《あべ》晋三《しんぞう》政権にも問題があるのではないかと思う。

普天間基地を辺野古に移転することが安全保障だと本気で言うなら、なぜ首相自ら沖縄に足を運び、知事や住民と膝詰め談判をしないのだろうか。

そこに安倍首相のスタンスが垣間見える。つまり、首相は民意と衝突するような問題については、極力後方に控えて動かないのだ。おそらく、民意が最大の支援者であると理解しているからだろう。

官邸にいる官房長官が、いくら沖縄県知事を非難しても、らちは明かない。首相が、現場に足を向けてこそ、踏み出せる一歩があるはずだ。

穏やかな海の前に陣取った辺野古基地移設反対運動のテント（筆者撮影）

若い支持者が集まる場所や目立つ場所には姿を見せる首相だが、彼が本当に行くべき場所は、そこではないはずだ。

国益や安全保障のためには、時に反対の声にまみれながらでも、信念を持って前進するのが総理大臣ではないだろうか。

戦後72年目の慰霊の日、ひめゆりの塔は何を語る

１９４５年（昭和20年）６月18日、ひめゆり学徒隊は突然、解散を命じられた。

彼女らは総勢２４０人の沖縄師範学校女子部と沖縄県立第一高等女学校の女子生徒および職員で、沖縄陸軍病院に看護要員として勤

務していた。ところが沖縄本島に上陸した米軍から激しい攻撃を受け、追い詰められるように本島南端まで移動、伊原・山城周辺の地下壕に潜み、病院の体をなさない状況の中、精いっぱいの医療奉仕を続けていた。そんな最中に米軍に投降してよしという解散命令が出たのだ。

米軍側からは、「命を助けるから出てきなさい」と日本語の呼びかけがあったものの、当時の軍国教育の影響もあり、生徒たちは地下壕にとどまった。やがて、米軍が攻撃を開始、ひめゆり学徒隊240人中136人が命を落とした。

その慰霊のために、建てられたのが、「ひめゆりの塔」だ。そこは、沖縄の平和の祈りの原点でもある。

そして、島内には、基地問題でシュプレヒコールを上げ続けている場所がある。どちらも同じ戦争にまつわる土地だが、その様相は正反対だ。

沖縄基地問題は、沖縄戦で18万人以上が犠牲になった歴史を無視して考えることはできないはずなのに、ひめゆりの塔の前に立つ私には、その二つがつながらないのだ。

ひめゆりの塔がある糸満市内には、同様の慰霊碑が無数に存在する。それらは、いや応なく戦争に巻き込まれて命を落とした同胞の無念を悼み、平和を祈念する思いが込められている。だとすれば、沖縄には軍事施設など一切反対というのが筋だろう。

しかし、米軍基地は終戦後も太平洋防衛の要としてこの地にとどまり、やがて沖縄経済を支える重要産業になるという皮肉な状況に至っている。普天間基地の移設は空転状態が長く続き、辺野古移転も、時に、本当の平和運動ではない政治的な道具にされかねない気配もある。

米軍が投降を呼びかけるのを聞きながら、地下壕で恐怖と不安の極限に震える少女たちの最期――。沖縄基地の問題は、ひめゆり学徒隊の命に本当に向き合っているのだろうか。

リゾート村にそびえる象牙の塔の違和感

日本有数のリゾート地として知られる沖縄県恩納村《おんなそん》――。2000年(平成12年)の沖縄サミットの際には、クリントン米大統領やプーチン露大統領が滞在したこの地は、リゾートにあまり関心のない私ですら、すばらしい自然環境に気分がほぐれてくる。

この村の一角に、斬新なデザインの建物と高級低層マンション群が集まった小高い丘がある。丘を目指して車を走らせると、入り口の山肌に大きく「OIST」と刻まれた文字に気づく。

OISTとは、沖縄科学技術大学院大学の略称で、「国際的に卓越した科学技術に関する教

キャンパス入り口に刻まれた「OIST」の文字。丘の上には寮が建っている（筆者撮影）

育及び研究を実施することにより、沖縄の自立的発展と、世界の科学技術の向上に寄与することを目的」として２０１２年（平成24年）9月に開校した。大学院大学とは、博士課程に特化した大学で、科学技術立国を目指す日本のスーパーエリートを育成する場と位置づけられている。国立の大学院大学は、沖縄のほかに石川県や奈良県など全国に4校あるが、中でも、同校は何かと特別な大学だ。

まず、大学院の所管官庁といえば、通常文部科学省なのだが、ＯＩＳＴは獣医学部新設問題で世間を賑わせた岡山理科大学（加計《かけ》学園）と同じ内閣府の所管だ。さらに、「教員と学生の半数以上を外国人」と規定しており、学生は、１３０人のうち１０７人が外国人で、

８割以上を占める（２０１７年５月時点）。

その上、大学の研究員には毎月生活費が支給され、学内にある低層高級マンション風の住居も安価で借りられるという。

この至れり尽くせりの施設を支える資金は全て、国の補助金で賄われている。

国立大学であっても独立行政法人化して、経済的に自立せよという国の方針からは信じられない特別扱いである。しかも、その恩恵に浴する大半は、外国人というのも不思議な話だ。

何より目を引くのが、この大学の設立目的だ。その大きな柱の一つとして「沖縄の自立的発展」と記されている。

こういうものを私のようなひねくれ者が見ると、「ああ、これは基地対策でできたのか」と邪推してしまう。ＯＩＳＴが、どのように沖縄の自立的発展につながるのかが見えないからだ。

本当にその文言を徹底するなら、沖縄県内の教育レベル向上のために、大学内には就学前教育から大学院までの一貫した教育システムを用意すべきではないか。また、学費や研究費を優遇されている学生は、沖縄に地域貢献することを義務化するぐらいは当たり前にも思える。

しかし、実際にはそんな規定はなく、世界中から好環境を求めてやってきた学生が、ここで学び、世界に飛び立っていくばかりである。

世界の先端科学をリードする若き研究者を育成するために莫大《ばくだい》な国費を投じながら、その成果には無関心。また、沖縄の自立のためと謳《うた》いながら、そこもまた無頓着——。わかりやすいぐらい近年の日本の政治の愚かさを象徴するという意味では、特別でも何でもないのかもしれない。

青空とエメラルドグリーンのリゾート地にそびえる象牙の塔は、紛れもなく異物として、風景を汚している気がしてならない。

深刻な貧困問題の拡大は、日本の未来を照らす

基地問題に隠れてあまり注目されない深刻な問題が、沖縄に横たわっている——それは貧困問題だ。沖縄県民の平均賃金は約236万円（全国平均は約304万円）で、全国最低水準である。さらに、若年出生率、離婚率はいずれも全国一、いわゆる「でき婚」率は42・4％で、シングルマザー世帯の数も全国平均の約2倍に上る——。

国内外の観光客でにぎわう那覇市・国際通りを歩いていると、祭りのようなにぎやかさで夜

ごと輝いている。

その明るさに、どこに貧困が潜んでいるのかと首を傾げてしまう。

だが、平日の午前二時、三時になっても、繁華街の至る所で若者たちがたむろしている光景はやはり異様だ。

「若い子たちが、深夜に遊んでいるのを見るのはつらい。こんな時間まで遊んでいたら、仕事も学校も行けないでしょ。でも、誰もそれを咎めない。さらに、そういう友達関係の縛りがキツく、あの輪から抜けられない。残念だわ」

長年、タクシー運転手を務めて家族を養っているという女性ドライバーが、そう嘆く。

事態を重く見た沖縄県は、さまざまな支援活動を行っている。しかし、沖縄の貧困問題に詳しい沖縄大学の樋口《ひぐち》耕太郎《こうたろう》准教授によると、それらの施策は「対症療法的なもので、本質的な解決につながらない」と指摘する。

では、沖縄の貧困の本質的な問題とは何だろうか。

コンビニなどでレジに並んでいると、列に割り込んでくる人が多いのだが、それさえも誰も怒らない。「優しい県民性」と言えなくもないが、事を荒立てたくないという同調圧力の強さとも解釈できる。

樋口氏の話では、「とにかく沖縄では目立つことを嫌う。子供ですら勉強ができることもスポーツが得意なことも、隠そうとする。目立つと人間関係にひびが入るから」と言う。

人間関係において空気を読むのは、日本の常識でもある。しかし、それが沖縄では極端らしい。競争して何かを勝ち取ったり、自分の得意分野を伸ばして、周囲から一目置かれるよりは、目立たない生き方が正解なのだ。だから、努力すれば夢は叶うという希望も生まれないのだという。

「本人が気づいていない才能を見つければ、教育者としては能力を伸ばしてあげたいのだが、そういう介入を極端に嫌う。自分だけ目立つと生きにくいからと。その結果、皆がマイナス思考になる」

沖縄出身者ではない樋口氏は、そこにもどかしさを感じるが、その気質はなかなか変わりそうにないと半ば諦め気味だ。

本土的な視点で言えば、それは「同調圧力」に負けていることになる。しかし、沖縄の場合、もう少し根の深い理由があるのではないか。

生存競争を降りた場所に、一番安心できる場所がある――。

それは無気力の安心感とでも言おうか。フランスの思想家ミッシェル・フーコーが著した『監獄の誕生』に通じる目に見えない呪縛が存在する。

フーコーが唱えた構図は、監視されている囚人には、監視者が見えないのだが、見えない監視者から一方的な権力作用を効率的に働きかけられた囚人は、従順になり監獄に規律が生まれるというものだ。

沖縄の場合、監視者とは戦後27年間も統治を続けた米国だった。そして、従属してささやかな生活を営むことこそが、沖縄人の生きる術だった。そのような体験を持つ沖縄県民は、精神的な呪縛から逃れられないのではないのだろうか。

これは、私の勝手な妄想かもしれないが、沖縄の人々の根底には、諦観と無気力の呪縛が明らかに存在していると思う。

米国の直接統治は去っても、米軍基地は残り、彼らに代わって富と権力を掌握した一握りの有力者が、実質的に沖縄を支配している。さらに、政治についても本土の人が思うような基地容認VS基地反対という単純な構造ではない利権の衝突がある。

ならば、その枠外で、ささやかな楽しみを味わえれば良い。

だから、若者は深夜まで遊び回り、自ずと繋がったカップルは、子どもが生まれる行為に及ぶ――。

それを自堕落だとか、沖縄の県民性と切り捨てるのはたやすい。

この無気力のスパイラルが、目に見えないネガティブな同調圧力となり、沖縄県民をがんじがらめにしているのは間違いない。

そして、そこにこそ沖縄を知る視点があると、強く感じている。

1975年に開催された沖縄海洋博の跡地に設置された
海洋博公園は、沖縄美（ちゅ）ら海水族館の人気も
後押しして、多くの観光客が訪れた（筆者撮影）

EPISODE 13

ニッポンの〝国技〟野球の底力

［週刊エコノミスト：2017年7月25日号～8月29日号］

あの手この手で、ヒートアップし続ける
横浜スタジアム。スタジアムでしか味
わえない地ビールも好評だ（筆者撮影）

球場は、テーマパーク。集まって遊んで飲み明かす

２０１７年（平成29年）６月28日、横浜スタジアム――横浜ＤｅＮＡベイスターズと広島東洋カープとの一戦は、雨上がりの爽やかな風に吹かれながら始まった。序盤から点の取り合いとなった好ゲームで球場全体が盛り上がった。

野球場における主役は、グラウンドでプレーする選手であり、プロの超絶プレーを生で堪能するために観客は球場に足を運ぶというのが、これまでの常識だった。だが、このところのプロ野球では、明らかに異変が起きている。

横浜スタジアムでのゲームは、スタジアムの楽しみの一部に過ぎない。ここは、野球を観るだけでなく、観客自身が参加して遊ぶ場所なのだ。野球観戦というよりアトラクションを楽しむノリだ。思えば、球場スタッフの観客への接し方や、とにかくあの手この手で、客（ゲスト）を巻き込むムード作りが上手い。

スポーツ観戦の醍醐味《だいごみ》は、ひいきのチームが勝つことだ。それが、ファンを集める最大の

牽引力《けんいん》だった。優勝争いに食い込んでいなくても、横浜スタジアムの観客数は年々増加し、2016年度は座席稼働率が93%を超えた。この動きはこれまでにないもので、球場という空間そのものが愉《たの》しいからだと言う。

「試合に勝つに越したことはないですが、負けても楽しい。そういう時間を過ごしてほしい」とDeNAの球団広報が言う。球団は確信犯としてスタジアムをテーマパーク的に演出している。スタジアム限定の地ビールの販売から、工夫を凝らしたグッズ、さらには試合中の参加イベントも次々と企画している。

似たような現象は、パ・リーグではより顕著で、強くなければ客は来ないという従来の発想自体が、時代遅れになっているようだ。

無論、最強のチームというのは、球団の理想だろう。破竹の勢いを誇り、それが「カープ女子」という女性ファンを集めていた広島東洋カープのような例もある。ただ、巨人や阪神のような伝統的なチームのスタイルではない球団の個性が際立ち、新しい野球観戦の可能性が広がっているのだ。

ゴールデンタイムに巨人戦を放映すれば高視聴率間違いなしという時代は終わり、テレビ中継は激減した。なのに、全国各地の球場に詰めかけるファンの数は、微増を続け2016年(平成28年）は実に2498万人に達した（ちなみにサッカーJ1リーグは549万人だった）。

そこに、野球観戦プラスエンターテインメントというアイディアの力で、「斜陽」とささやかれていたプロ野球は明らかに息を吹き返した。

工夫さえ怠らなければ、野球はいつの時代も人気スポーツの筆頭に立つ。ベースボールではない「野球」は、今やニッポンの〝国技〟――。その底力は計り知れず、常に日本人を魅了し続ける。米国生まれのスポーツが、なぜこれほどまでに日本人に愛されるのか。その謎を解明してみたい。

甲子園という〝聖地〟がもたらす魔力

野球の聖地といえば、春の選抜高校野球と夏の全国高校野球選手権大会が開催される阪神甲子園球場だろう。その理由として、プロ野球球団・阪神タイガースの本拠地であることを挙げる人もいるだろうが、阪神の永遠のライバルである読売ジャイアンツの本拠地・東京ドームや後楽園球場は「聖地」と言わない。

1990 年代にはドーム球場化計画もあったという甲子園球場だが、
伝統の球場は、このままでいてほしい（筆者撮影）

そう考えると、やはり高校球児たちの戦いの場であるがゆえの「聖地」なのだと言える。

兵庫県西宮市に甲子園球場が完成したのは1924年（大正13年）で、大規模な野球場としては日本で初めてのものとして注目された。球場建設の目的は、全国中等学校優勝野球大会の開催である。この中等学校とは、現在の高校のことだ。

ちなみに、阪神タイガース（設立当初は大阪タイガース）が設立されたのは、1935年（昭和10年）だから、甲子園誕生よりも随分と後になる（巨人は1934年設立）。

スポーツは、観る楽しみと体験する楽しみがある。とは言え、誰もがその両方を楽しめるスポーツとなると限られてくる。

野球はそれに当てはまる希少なスポーツと言える。キャッチボールなら男女問わず一度は経験するだろうし、野球に夢中な少年は、少年野球チームやリトルリーグに参加する。そこで才能を開花させた者は、高校野球の強豪校に進み、甲子園を目指すのだ。庶民の生活に溶け込んで近代日本の日常風景を彩ってきた野球の全国大会だからこそ、町を挙げて応援するし、遠く故郷を離れて暮らす人までがテレビの前で熱くなる。郷土意識から生まれる声援は格別に熱いし、また、それを背負ってグラウンドに立つ球児たちの全身全霊で戦う姿が、観る人の胸を打つのだ。それを毎春夏、メディアもこぞって取り上げるのだから、誰もが目が離せなくなる。

だからこそ、甲子園は野球の〝聖地〟と呼ばれるのだ。

高度経済成長を牽引した家族主義的企業経営の象徴がそこに

2017年（平成29年）も7月14日から12日間にわたる都市対抗野球が、東京ドームで開催された。社会人野球というアマチュア野球最上位の試合が繰り広げられる同大会は、88回を数える。

始まったのは、1927年（昭和2年）で、「東京日日新聞」（現・毎日新聞）の記者が米国へ遠征した際の体験を元に計画されたという。現地で、地元に根ざした大リーグチームが人気を博していたことをヒントに、各都市を代表する野球チームによる大会が日本でもできないかと考えたそうだ。

もっとも、その後のプロ野球の誕生によって、社会人野球がプロ化することはなかったのだが、代わりに大きな功績を刻む。

それは、日本人がもう一つの「家族」と考える企業への強い帰属意識を喚起するという存在意義だ。

当初は、「大連市・満州倶楽部」「神戸市・全神戸」「東京市・東京倶楽部」のような地元自治体の選抜選手を集めた代表も存在した。だが、やがて、「大阪市・全鐘紡」「八幡市・八幡製鉄」など、紡績会社や製鉄会社をはじめ、名だたる日本の一流企業の参加が増えていく。

各チームが都市代表であるのは間違いないのだが、各地の基幹企業や工場などの野球部が、全国大会に臨むようになったことで、結果的には地元意識に根付いた企業対抗戦となる。

特に戦後の高度経済成長時代は、大半の企業に、支社や工場ごとの野球部が存在した。

「単なる従業員ではなく、皆、企業の子どものようなもの」だという家族主義的発想は、バブル経済が崩壊するまでは、日本企業の常識だった。都市対抗野球は、家族が予選を勝ち上がり、地元代表として戦う晴れ舞台なのだ。

バブル経済が崩壊し、企業が家族主義をかなぐり捨ててしまった現代においても、都市対抗野球だけは今なお熱気に満ちている。

その象徴が、同大会の「名物」である応援風景だ。

たとえば東京都代表のNTT東日本と、神戸市・高砂市代表の三菱重工神戸・高砂との対決だ。東京都代表は、言ってみれば本拠地での開催だけに、2万人近い大応援団が集結。そろいのオレンジ色の服を身にまとい、東京ドームの3階席まで埋め尽くした。

都市対抗では、それぞれのベンチに近い観客席に特設ステージを設け、チアリーダーや応援団が熱く華麗な応援をリードする。

NTT東日本は、この応援団コンクールで最優秀賞や優秀賞を何度も獲得しており、見とれるほど素晴らしいパフォーマンスを繰り広げる。おまけに、得点した時には、神輿《みこし》まで繰り出すのだから驚く。

一方の、三菱重工神戸・高砂の方は、三菱重工業の基幹工場でこそあるものの、チームは「企業代表」ではなく、原発や船を製造する工場勤務の従業員代表だった。遠方ということもあって、

三菱重工神戸・高砂の応援団は、時に、黄色いヘルメットにつなぎ服といういでたち（筆者撮影）

応援団の数は５０００人にも届かなかったのではないか。数の劣勢を充分に補うのが応援の熱気だ。青いつなぎ服に黄色いヘルメットという工場のユニフォームを身につけた応援ぶりに、「日本を代表する重工業の雄」の片りんも見せた。

試合は、追いつ追われつの好ゲームで、応援席もヒートアップし、高校野球でもプロ野球でも体感したことのない、独特のムードがドームに充満した。

応援風景を見ていると、戦後日本の高度経済成長を支えた名残がしっかりあって、懐かしさと同時に「この情熱を本業にも生かせ！」と叫びたくなる。

そして、野球が戦後日本の成長と二人三脚

で歩んできた証拠が、厳然と存在しているのを強く感じた。

やはり、日本人にとって故郷と企業という「二つの心のよりどころ」は大切なのだ。そこには、グローバルスタンダードや自己責任という排他的な発想に入る隙間《すきま》を与えない結束力があった。

新たなる才能が「伝説」となる時

スポーツが国民的人気を得るための必須条件がある。それは、ファンを魅了してやまないスターの存在だ。

そして、野球ほど多くのスターを生み出したスポーツはないだろう。プロアマ問わず、子どもたちが憧れ、大人が熱狂する花形選手が大勢存在する。

古くは沢村栄治《さわむらえいじ》に始まり、川上哲治《かわかみてつはる》、稲尾《いなお》和久《かずひさ》、長嶋茂雄《ながしましげお》、イチロー、松井《まつい》秀喜《ひでき》と、伝説的な選手を挙げればきりがない。

そして2017年（平成29年）の高校野球界で、また一人超弩級《ちょうどきゅう》の大輪が話題をさらった。

早稲田実業の清宮幸太郎《きよみやこうたろう》だ。ラグビーの名選手にして名監督の清宮克幸《きよみやかつゆき》を父に持ちながら、あえて父と異なる道を選んだ。しかし、父の血を受け継いだ抜群の身体能力で、高校野球界を驚愕《きょうがく》させ、打席に立つ度にホームランが期待される。

私が観戦したのは、2017年（平成29年）7月25日、神宮球場で行われた夏の全国高校野球選手権大会、西東京大会の準々決勝だ。この日の清宮は、4打席で2四球1安打という成績だった。本塁打を警戒した投手がボール気味のコースばかりを投げる中で、清宮は確実にストライクを捉える。そして、高校生が打ったとは思えない弾丸ライナーで左中間を破った。

なるほど、これはプロ全球団が今年のドラフト会議で指名すると噂されるだけはある。

しかも、予選が始まってからの驚異的な快進撃で、この時点で高校通算最多本塁打タイまであと1本に迫っていた。おかげで、地方大会の準々決勝にもかかわらず、神宮球場の内野席は満員に近い観客数を集めた。そして、球場に詰めかけた報道陣は、約250人に及んだ。

試合後、球場内の会見場で、100人近い記者とカメラマンを前にコメントする清宮は高校生らしい生真面目さを残しながらも、100点満点の応対を見せた。

とにかく球場でスポーツライブを楽しむというファンが野球を進化させた。
横浜スタジアムにて（筆者撮影）

EPISODE 14

トランプ大統領は、民主主義の申し子なのか

［週刊エコノミスト：2017年9月9日号～10月3日号］

大統領就任後、七面鳥に恩赦を与える
トランプ大統領　©毎日新聞社

「21世紀のジョーカー」の誕生は必然だった

この男、やっぱりまともじゃない。

第45代米国大統領ドナルド・トランプのことだ。

1月の就任から既に7カ月を超えるが、米国大統領が問題を起こさない日はないくらいだ。そして、ツイッターで連日毒をまき散らし、「なぜあの男が大統領になったのか」「米国は本当に民主主義国家なのか」と、世界中が首を傾げたくなるような振る舞いばかりしている。

そもそも最初から異様だった。先の米国大統領選挙では、ヒラリー・クリントンとのなじり合いに終始し、より強烈な表現を連発してトランプが大統領に当選した。

トランプの大統領当選に一番驚愕《きょうがく》したのは、米国政治経済を支配していると自任していた財界、学者、そしてメディアに属するインテリ層だろう。

選挙戦の間じゅう、国際経済の安定や国際政治における米国の立場、何より政治の常識の全てをトランプ氏は破壊する発言を繰り返した。そういう人物が大統領となったのだ。すぐには立ち直れないほどの大打撃だった。

しかし、それが選挙の結果であるとしたら、民主主義大国を標榜《ひょうぼう》する米国社会がそういう大統領を欲していた、としか言いようがない。いずれにしても、トランプ大統領の誕生が、改めて民主主義の怖さを露呈したことは間違いない。

なぜ、米国民はトランプを求めたのだろうか。それは正しい選択だったのか。

英国の欧州連合《EU》離脱決定、韓国大統領の弾劾裁判と辞職など、２０１６年（平成28年）から世界は騒乱状態にある。トランプは、その真打ちとして登場した感がある。

これを偶発的な「間違い」だと吐き捨ててはならない。そこには「トランプが選ばれた必然」がある。そして、この必然は、米国だけでの問題ではなく、欧州や日本でもはっきりと顕在化している。

その必然とは、何か——。

それは、政治家や官僚などの知識層が、溜まりに溜まった国民の不安と不満を顧みなくなったことだ。

真面目に働いていれば、それなりの幸せを手に入れられる時代は終わり、気がつけば全て自己責任で乗り越えなければならなくなった。その一方で、ほんの一部の富裕層だけが富を独占し、インテリやメディアは、彼らの立場で社会を見るばかりで、他に視線を向けようともしない。

こんな社会なんて壊れてしまえ――。この怒りのマグマが、「俺様ファースト」のトランプと化学反応を起こし、トランプ大統領誕生という革命を起こしたのではないか。

そして私は、21世紀のジョーカー、トランプ大統領出現の意義を改めて考えたいと思い、2017年（平成29年）3月にニューヨークに向かった。

「米国民とは誰なのか」を見失ったメディア

「我々は米国のどこを見ていたのか。トランプが大統領に当選した時、記者としての立ち位置を否定されるほどのショックを受けた」

10年余りニューヨークに駐在している日本人記者が、トランプ大統領当選時の衝撃を振り返って、そう言った。

ヒラリー・クリントン候補が絶対当選だと信じていたが、「だからこそ、トランプの発言や有権者のリアクションが面白く、取材を始めた」というこの記者は、トランプの選挙戦行脚が

いずれトランプの石像も建てられるのか？　首都ワシントンDCのリンカーン記念堂にて（筆者撮影）

印象的だったという。それは、通常の大統領選挙では候補者が立ち寄らない小都市や、斜陽産業であえぐ都市を精力的に回るという戦略だった。

「こんな米国でいいのか！」

「あなたたちは犠牲者だ！」

「私はあなたたちを救いたい！」

低所得者や未来に希望が持てない人たちを前に、従来のエスタブリッシュメントによる政治の有りようを激しくなじった後、自分こそが国民の味方だとアピールした。そしてこの腐敗した政治体制を共にたたき潰そうと気炎を上げ、大喝采を浴びた。

「熱気はあるし、本気で怒る。だか

ら演説は盛り上がるのだが、荒唐無稽《こうとうむけい》すぎて、とうてい実現できそうな公約ではなかった」と語る同記者は、選挙後、「私は、米国国民とは誰を指すのかを見誤っていたかもしれない」と反省する。

同記者の口癖は「ニューヨークに住んでいるが、ニューヨーカーとは呼ばれたくない」だった。一般にニューヨーカーとは、物心共に豊かで、世界の常識は自分たちが生み出していると確信しているセレブリティーを指す。

政治も経済もメディアも、ニューヨーカーに代表される選民が独占し、選民のために存在している――。トランプは、そういう米国社会のゆがみに対する鬱憤のマグマから必然的に生まれたようだ。

考えてみれば、貧しかろうが富裕層であろうが、投票権は一人1票ずつ与えられているのだ。そして選民の数は、せいぜい全有権者の10％程度だ。にもかかわらず、選民の求める政治がこれまで成立してきたのは、彼らが他の有権者に最低限の生活と社会的安定を保証していたからだ。

ところが、このところ地球規模で不安が広がり、国民の中に不満が充満していた。にもかかわらず、安定した豊かさを独占する一部の連中はずっとそこに居座り続けている。その矛盾と不満をトランプはついた。

「トランプが勝つはずがないと思っていた私も、気がつくとニューヨーカー的先入観に毒されていた」

記者の悔恨こそが、クリントン陣営が敗北した最大の要因であり、メディアの誤解だったのだ。

ただ、見落としてはならないのは、トランプ一人で大統領の座を手に入れたわけではないという点だ。米国は、民主党と共和党という2大政党が政治を運営してきた。その体制は今も厳然と存在している。トランプは、2大政党制を否定して大統領となったのではなく、他のライバルたちと争い、共和党の大統領候補の座を射止めて本選に臨んだのだ。

すなわち、既存の政治勢力や体制を否定しているくせに、トランプ自身も従来の政治システムの後ろ盾を得た上で選挙に挑んだことになる。

各地でトランプが強く訴えた「俺たちの米国を取り戻せ」という主張は、盤石な共和党員ではない有権者に対して特化したものだ。いわば、勝つために臆面もなくダブルスタンダードを貫いたのだ。

だが、クリントン陣営もメディアも、トランプの欺瞞《ぎまん》など気にもせず、真の米国市民が圧倒的にクリントンを支持しているからと高をくくった。

社会の木鐸《ぼくたく》たれという基本精神を失ったメディアは、最後まで（おそらく今でも）、大多数の国民の怒りと不安のマグマをすくい取れず、ただ「下品で乱暴で嘘つき」のトランプが大統領になるはずがない（＝なるべきではない）という論調を崩さなかった。そう考えると、トランプの勝利は、彼個人ではなく、国民の存在を無視した支配階級のおごりに対する大衆の謀反だったと解釈できる。

だが、トランプの当選後に、皮肉が待っていた。従来の支配階級の政治を認めてきた（クリントン候補を支持した側の）一般大衆が、トランプ大統領を認めないと反旗を翻したのだ。

他者の全面否定から生まれるのは憎悪だけ

世界有数の最高級ブランド店が軒を連ねるニューヨーク五番街《フィフスアベニュー》の中心地に、ニューヨーク公共図書館本館がある。1911年（明治44年）に建てられた智の殿堂だ。

最近、この本館前に大勢の市民が集まる機会が増えた。トランプ大統領の〝暴政〟に対する抗議集会及びデモ行進を行っているためだ。

毎週土曜日には、本館の前でさまざまな批判や非難の声を上げた後、そこから約1キロ離れた五番街沿いに建つトランプタワーまでデモが行進する。トランプが大統領就任後初の夏季休暇で私邸に戻ると、普段のデモ以上に多くの市民が集まって「ノー・トランプ、ノー・ファシスト！」などというシュプレヒコールが繰り返された。

富裕層中心の社会打破を訴え、大衆の怒りをバックに、トランプは大統領の座を奪取した。ところが就任直後から、怒りをあらわに反トランプを訴えるのも、同じ大衆だった。

それこそが民主主義の実相だと冷静に分析するのはたやすい。ただ、いずれの局面においても、社会が動くきっかけが怒りであるというのは、どう見ても健全ではない。

選挙の結果、大統領に選ばれたのだ。まずは、お手並み拝見というのが妥当なリアクションだが、ことトランプに関しては、常にたぎるような感情をむき出しにして国民は反応する。対するトランプは演説でも記者会見でもなく、個人のツイッターアカウントで攻撃し、火に油を注いでいる——。

その構図は、近年日本でも蔓延《まんえん》している「自己本位の正しさの押しつけ」と同じだ。

当人の都合の良い視点と解釈で常に自分を正当化し、反対の立場を徹底的にののしり否定する。

今まで、さして問題意識も持たず、社会にも無関心で、身近な楽しさに夢中になっていた人々が、突如「自分だけがだまされていた」「取り残されて損をしていた」という妄想に駆られ、「二度とだまされない」ために、徹底的に自己を正当化し、意見が異なる相手を「悪」と決めつけ排除しようとする。

東日本大震災での原発事故以降の日本でも、この現象が顕著になっている。

それを牽引しているのは、ツイッターやフェイスブック、LINEなどのSNSだ。匿名で叫べる安心感で、直情的に糾弾し、一切の反論を認めない。また、自身の立ち位置を持たぬ者は、必死で誰かの意見に「乗っかろう」とする。

その悲鳴のような行動様式を上手に刺激し束ねる者が、権力を手中にする時代が到来したのだ。

その代表がトランプなのだから、彼を徹底的に否定し、大統領の座から引きずり下ろすのが正義じゃないか——。反トランプ派は、そう自己を正当化する。

しかし、互いが相手の意見を全否定した言い争いは不毛でしかない。そんな当たり前のことを、民主主義社会を自力で獲得した米国が忘れてしまっている。

そして、日本も欧州も、皆似たような構図の中で、他者の声に冷静に耳を傾けるという姿勢が消滅し、乱暴で傲慢な者が生き残る社会がひたひたと足固めをしている。

反トランプ派の聖地化しているニューヨーク公共図書館本館前には、2体のライオン像が建つ。世界恐慌で苦しかった1930年代には、その像に、「忍耐(Patience)」と「不屈の精神(Fortitude)」というニックネームが付けられていた。

まもなく死語になる2語かもしれない。

選挙公約を貫くことで米国を破壊する大統領

ドナルド・トランプの大統領就任から止むことなく、「トランプ旋風」が吹き荒れている。

連日、誰かがトランプ大統領に怒り、トランプ自身がツイッターで反撃する。そのうえ、側近たちが、「こんなはずじゃなかった」と次々に辞め、政権としての本格的なスタートすらいまだに切っていない。

欧州は相変わらずEU存続の危機を内包しているし、中東や東アジアでは戦争の危機まであるのに、トランプ大統領は迷うことなく「俺様ファースト」を貫いている。

この状況を見ていて、もしかしたらこの騒動の要因はトランプのブレなさではないかと考えた。

メディアでは、「独裁者の化けの皮がはがれた」とトランプをたたくが、大統領はむしろ「俺はずっと変わっていないのに」と首を傾げているのではないか。実際、トランプ大統領の主張は、選挙中も選挙後も何一つ変わっていない。彼を支持した人ですら、「まさか本気で選挙公約を徹底的に貫くはずはない」と思っていただけだ。

メキシコとの国境に高い壁を造って、おまけに費用はメキシコ持ちだって⁉ ジョークとしては面白いが、そんなバカげたことが実現できるわけがない。でも、そういう発言を公式の場で口にするトランプは「イケてる」じゃないか——支持者だって、その程度にしか思っていなかったはずだ。ところが、トランプ本人だけは本気だった。

すると、たちまち現実的な問題が迫ってくる。もし、メキシコが費用を払わなければどうする、そもそもなぜメキシコが国境の壁の費用を払う義務があるのだ——等々。

さらに、米国は世界の警察になんてならない。俺たちだけが幸せであればいいんだという文言も、常識で考えれば通用するはずがない。トランプ大統領はそれも本気でやろうとして、また壁にぶち当たっている。

支持者は「何をやってるんだ」と怒り、反対者は「だから言わんこっちゃない」とあきれている。

そのうえ、この政治的混乱の影響で、米国社会や経済は混沌《こんとん》の度合いが深まるばかりだ。どうやらそれがトランプ大統領の大いなる勘違いと政治への無知さが原因だとわかってきた今、米国国民は我に返って「トランプ問題」の深刻さを痛感し始めている。

そもそもトランプ氏が声高に否定していたグローバル化も、世界の警察も、メキシコの不法移民の黙認も、全ては米国が繁栄するための構造だった。ただ、それらの政策が国民一人ひとりの生活にどんな影響を与えるのかを考えることなく、なんとなく社会に漂う不気味な閉塞《へいそく》感を短絡的に言語化するトランプに飛びついただけだ。

そして米国メディアだけでなく、日本でも、「あいつは独裁者で民主主義の敵だ」という批判が相次いでいる。

だが、それは間違いだ。

トランプは、米国の国民から選ばれた民主主義の帝王なのだ。

ただ、メディアを含めて多くの人が、民主主義は国民を幸せにし、社会を安定させるシステムだ――と勘違いしていた。

民主主義は常に両刃の剣で、国民の支援を受けた勢いで、不幸へとまっしぐらに落ちていくこともある。

ナチス・ドイツを生んだヒトラーもそうだが、国民の怒りをバネに、民主主義の手続きを経てトランプも強大な権力を手にしたのだ。

民主主義がバラ色の未来を約束するという大いなる幻想を改めなければ、いずれ世界は破滅するだろう。

だが、民主主義という「怪物」にはリセットという機能もある。

すなわち、為政者の政治が社会を不幸にするのであれば、有権者の義務として、民主主義の手続きを踏まえて、その者を引きずり下ろす――。

この前代未聞の悪夢を、民主主義の帝国・米国はどのように乗り越えていくのだろう。

民主主義とは、精緻なシステムであるという認識を持て

オリバー・ストーン監督が１９９５年（平成７年）に発表した映画「ニクソン」で忘れられないシーンがある。

ニクソン大統領が政治に行き詰まり、深夜、リンカーン記念堂に足を向ける。そこで、ベトナム戦争の反対運動をする学生らに取り囲まれてしまう。やがて学生たちとの議論が始まるのだが、ある女子学生に「ベトナム戦争は大統領の一存では止められない」点を指摘されてがくぜんとする――。

その後、探しに来た側近や護衛に連れられて車に押し込まれた時のニクソンの言葉が、とても印象的だ。

「大統領は所詮、システムの一機能に過ぎないという現実を、あの女子学生は知っていた。ニクソンが何十年もかけて最近気づいたことをだ」

日本では(おそらく欧米でも)、民主主義は福音だと信じて疑わない人が大勢いる。また、大統領や首相の権限の絶大さを確信している。

だが、民主主義とは、独裁者が過ちを犯さないためのシステムに過ぎない。そして、一度決めたものを変えて新たなルールを生み出そうとすると、気の遠くなるような時間と手続きを強要する。

本当にそれが国益なのか、合法なのか、人権侵害はないのか、民主主義のルールを順守しているのかなどをチェックして、国家の破滅や国民生活を破壊しない確認がとれるまで、成立できない。

このシステムにおいては、大統領や首相は確かに大きな権力を持っているが、国家の重大事は、大統領や首相の独断で簡単に決定できないということだ。

トランプ大統領を選挙の時からウオッチしていて、彼はその現実を理解していないのではないかと疑っていた。なぜなら、彼には政治経験がなく、大統領はワンマン社長と変わらないと思っている節があったからだ。

だから、トランプは大統領に就任してから苦戦している。大統領選挙で公約したことは、国民との誓約なのだから、何でも思い通りになるはずだと、トランプは考えたに違いない。なのに、なぜ、どいつもこいつも俺の邪魔をする！

だが、民主主義がシステムであることを理解していれば、システムを利用するためには多くの手続きとチェックが必要であることがわかる。しかし、トップダウンで生きてきたトランプ大統領はそんな面倒を嫌う。だから、何も決められないのだ。

残念ながら、就任9カ月を経ても、トランプ大統領には、この民主主義の神髄が理解できないようだ。

多くの国民の怒りをすくい上げたという点では、民主主義の寵児《ちょうじ》に見えたのかもしれないが、実際は、民主主義というシステムに排除される異物であると言わざるを得ない。

この視点で日本を顧みると、我が国の首相が権力の座につき、支配力を持ち続ける謎も解けるはずだ。スタンドプレーが好きな独裁者風だが、実際は民主主義的システムの中で首相が果たすべき役割を、安倍晋三首相は的確に演じてきた。

ところが、時折、魔が差したように自分勝手な行動を取って、問題を起こす。当初、それは「ご愛嬌《あいきょう》」程度だったのだが、奢《おご》りなのかマンネリなのか、それともシステムの呪縛からの解放を求めたのか、いよいよ〝異物〟への道をまい進し始めた。

民主主義というシステムは、相当に手ごわい。しかも、このシステムは民意と呼ばれるもう一つの大きな政治的パワーを巧みに操るすべも持っている。

それを弄んだら、どんなしっぺ返しを食らうのか、我が国の首相は、それを自覚しているのだろうか。

大統領が誰であろうと何をやろうと、
ニューヨークのきらめきは消えない。
しかし、そんな超然とした態度がい
つまで保てるのか（筆者撮影）

EPISODE 15

ものづくり大国はいずこに ——阪神工業地帯盛衰

［週刊エコノミスト：2017年10月10日号〜11月14日号］

大阪市阿倍野区にあったシャープの旧本社は更地になり、家具量販大手が買い取った（筆者撮影）

東洋一の製鉄所、最先端液晶パネル工場、そして……

「この製鉄所は、東洋一の規模と技術を誇る最先端工場です」

小学3年生の時（1971年）に、堺市の臨海工業地帯にある新日本製鐵（現・新日鐵住金）堺工場を社会見学で訪れたことがある。その時のガイドの誇らしげな顔と声は、今でも鮮明に覚えている。

同工場は鉄鉱石を大型の鉄鋼製品として成形するまで一貫して製造し、それらが国内外の建物や施設を支えたのだ。

そんなすごい工場が、僕らの街にある！

それは堺市の誇りだったし、経済大国への階段を駆け上がる日本の象徴的存在だった。

当時の堺工場の敷地面積は約414万平方メートル（東京ドーム90個分！）で、4大工業地帯の一つである阪神工業地帯の中でも別格の規模だった。

だが、経済成長の停滞と共に製鉄業は衰退し、工場は徐々に縮小化する。製鉄所の心臓部である高炉が2基から1基となり、ついに1990年（平成2年）に高炉が休止した。その後も事業は縮小する一方で、敷地の切り売りは止まらず、現在は最盛期の3分の1となっている。

それでも阪神工業地帯は、日本のものづくりの先端というポジションをキープした。そして2010年（平成22年）、世界最先端の液晶パネル工場「グリーンフロント堺」をシャープが立ち上げたのだ。液晶テレビで世界を席巻し、その先駆者となった三重県亀山工場をしのぐ先端工場の出現だった。

だが、液晶パネルの第一人者としての意気込みも、韓国や台湾の家電メーカーに猛追され、敗北を喫することに。一気に経営危機に陥ったシャープは2016年（平成28年）4月、ついに台湾の巨大電子部品受託メーカー・鴻海《ホンハイ》精密工業の軍門に降ってしまう。ものづくり大国日本が誇ってきた家電業界の〝斜陽〟がくっきりと浮かび上がった瞬間でもある。

アベノミクスで「日本を取り戻す」と威勢よく叫びながら、一向に日本を牽引《けんいん》する産業が生まれないどころか、軒並み青息吐息だ。「ものづくり大国の復活」というかけ声もむなしく響くばかりで、新しい製造業の未来図を描けずに日本はもがいている。堺泉北臨海地区の栄枯盛衰は、そのまま日本のものづくりの有りようを映し出している。

では、日本の製造業は、どうすれば未来志向の新しいステージに立てるのだろうか。

それを考えるために、明治維新の殖産興業から始まった製造業の栄枯盛衰の歴史と本質について、阪神工業地帯の軌跡を追って見極めようと思う。

紡績、製鉄、造船、化学、家電と続く製造業の次の一手はなぜ生まれない

阪神工業地帯の範囲を特定するのは意外に難しい。名称そのままのエリアなら、神戸市から大阪府にかけての一帯が当てはまるが、実際のところは資料を当たっても曖昧だ。

神戸市よりも西に位置する兵庫県姫路市には新日本製鐵広畑製鉄所が、兵庫県高砂町や加古川市などには三菱重工業の発電関係の工場が並ぶ。また、臨海工業地帯と言いつつ海岸線から離れている、大阪府池田市のダイハツ工業や、門真市のパナソニック、さらに和歌山市を含む場合もあるようだ。

いずれにしろ阪神工業地帯にはあらゆる分野の工場があり、総合工業地帯とも呼ばれ、第二次世界大戦ごろまでは日本最大の生産額を上げた。

1870年（明治3年）には、大阪府堺市戎島《えびすじま》に日本初の近代的な大規模紡績工場である堺紡績所が誕生、続いて、1882年（明治15年）、「日本資本主義の父」渋沢栄一《しぶさわえいいち》らの主唱で、大阪に近代的設備を備えた大阪紡績会社（現・東洋紡）が設立される。以降、次々に紡績会社を創業して、大阪は英国の産業革命の中心地に例えられて「東洋のマンチェスター」と呼ばれるまでになる。

一方、港湾都市として開かれた神戸市では、1869年（明治2年）に官営の兵庫製鉄所が誕生し、1885年（明治18年）には官営兵庫造船所となり、日本の造船業の一大拠点として発展する。兵庫造船所は、その後、川崎重工業の創設者・川崎正蔵《かわさきしょうぞう》に払い下げられ、現在も川崎重工業の基幹工場として歴史を刻んでいる。

紡績から製鉄、造船業へと進化を遂げ、やがて化学工場がそこに加わる。さらに、町工場から松下電器産業（現・パナソニック）や三洋電機（現・パナソニック）、シャープなどの家電メーカーが誕生していく。

縮小や閉鎖が相次いでいるとはいえ、神戸～和歌山市間の臨海地区をクルマを走らせると、巨大工場が建ち並び、壮観の一言に尽きる。

だが、日本が先進国への階段を上がれば上がるほど、製造業にはさまざまな障害が立ちはだかる。

コスト高、輸出先での関税障壁や不買運動、国内では日本人の暮らしが豊かになったことによる人件費の高騰、そして新興国の追い上げなど、何度も「絶体絶命」に追い込まれた。

１９８０年代には、すでに「ポスト工業社会」をどう生き残るかという大命題が提示され、工業は斜陽のように決めつけられもした。工業大国の先輩である英国や米国がたどってきた道を、日本も確実に歩むと考えられたからだ。

ところが、ピンチはチャンスという言葉があるように、日本の製造業は次々と試練を乗り越えてきた。既に米国では、ＩＴと自動車以外の製造業が消滅してしまったというのに、日本はありとあらゆるジャンルで生き残り、世界をリードしている。

政府はアベノミクスによる成長産業の創出などとかけ声だけは立派だが、製造業の本質を見極めることも、政府として支援する対象や方法を見直す努力もしていない。

政治家にとって「目新しさがない」からだろう。しかし、それこそが愚の骨頂なのだ。

なぜ、日本の製造業は、生き残り続けるのか――。

この命題にこそ、未来の希望を照らす解がある。それを見つけるために、国を挙げて取り組むべきなのは、日本がなしえたサバイバルの秘密を徹底的に検証、分析し、そこから成功の本質と未来への可能性を探ることだ。

それこそが、技術革新《イノベーション》であり、創造ではないだろうか。

公害の街がベッドタウンに生まれ変わる時代

工業化が勢いよく進むと、もれなく弊害が起きる。日本の4大工業地帯でも、1970年代に公害が深刻化した。

阪神工業地帯も例外ではない。

大阪市西淀川区では、阪神工業地帯内にある工場のばい煙や自動車の排ガスなどによる大気汚染が社会問題となり、1978年（昭和53年）、西淀川区の住民たちが声をあげた。原告112人が、地域で多発するぜんそく患者の原因を、10企業や国、阪神高速道路公団に対して、損害賠償と環境基準を超える大気汚染物質の排出差し止めを求める訴訟を起こしたのだ。

その後、原告団は726人に増加し、大気汚染訴訟では国内最大規模の訴訟に膨れあがる。

英国で産業革命が始まった頃、工場のばい煙によるスモッグは先進国の象徴のように歓迎された。日本でも、高度経済成長が始まった当初は似たような現象があったが、実態は地域住民の体をむしばみ、深刻な事態を引き起こす公害を黙認していただけだ。政府に規制する気などなく、地元住民の嘆きを聞いた活動家や弁護士らが問題提起してはじめて、その実態が徐々に明らかになったのだ。

そして、日本の公害問題の典型例の一つである西淀川公害訴訟は、裁判の決着に膨大な時間を費やした。

第1次訴訟の第1審大阪地裁の判決が下されたのは、13年後の1991年（平成3年）だ。しかも、判決では、被告企業の共同不法行為と、公害健康被害補償法の不備が認められ、賠償を勝ち取ったものの、公害の原因とした大気汚染物質（二酸化硫黄・二酸化窒素・浮遊粒子状物質）の環境基準以下への排出差し止めについては、認められなかった。

もっとも各企業は訴訟中に徹底した環境対策を実施、環境基準の改善が行われているので、訴訟時のような深刻な症状を訴える住民数は減っている。それでも、最終的な和解が成立したのは1998年（平成10年）のことだった。

現在の西淀川一帯は、公害の街からはすっかり様変わりし、交通至便の人気ベッドタウンとなってマンションが林立している。

工業地帯の活況によってさまざまな交通手段が充実したことが、住宅地としての価値を高める。かつて、住民より経済成長を優先した時代とは正反対の比重によって、西淀川地域は新しい顔を持つに至った。

それは皮肉と言うべきなのか、時代の必然なのか——。その風景は、圧倒的な工業力を誇った阪神工業地帯に訪れた斜陽の象徴にも思える。

化学工場街から生まれた関西インバウンドの聖地

阪神工業地帯のへそとも言える位置に、関西屈指の観光拠点がある。「ＵＳＪ」こと、ユニバーサル・スタジオ・ジャパンだ。

２００１年（平成13年）３月に開園して、はや16年——。紆余《うよ》曲折はあったものの、この数年は、来園者が毎年１００万人前後の規模で増加を続けており、16年はついに１４６０万人に達した。

中でも、インバウンドに大人気で、関西観光の目玉的存在ともなっている。

USJは平日でも大勢の来園者でにぎわっていた。
2017年9月上旬（筆者撮影）

ＵＳＪのある大阪市此花区の桜島地区には、かつては大阪ガス、川崎重工業、日立造船、住友化学、住友電気工業、住友金属工業（現・新日鐵住金）など、重化学工場がひしめき合っており、高度経済成長を牽引してきた。一方で、大気汚染、土壌汚染、地盤沈下などの深刻な公害が問題ともなった。また、一帯は海抜ゼロメートル地帯のうえ、交通の便が悪いため人の生活感が希薄な場所でもあった。

その後、産業構造の変化により、地区内の工場が相次いで閉鎖や移転を余儀なくされる。そんなさなか、大阪市が観光拠点の目玉として、誘致に成功したのがＵＳＪなのだ。

米国ハリウッドの老舗映画会社が製作した映画をベースにしたアトラクションが並ぶ

テーマパークで、ハリウッド発のエキサイティングなアミューズメントが満喫できる。

その気になって周囲を見渡すと、今なお操業を続けている工場が視界に入るが、そもそも誰も周辺施設なんて気にもしない。それだけ、テーマパークが魅力的で、来園者の心をわしづかみにするからだろう。

都会の恐ろしさは、建物や施設の新陳代謝が常に起き、新しい施設が出現して1年もすれば、過去に何があったのかを記憶している人が少なくなる点だ。

目の前にあるものが魅力的であれば、その土地の来歴などどうでもよくなる。

USJが来園者に提供するのは、夢と冒険の感動だという。それは豊かさの印でもある。数々の工場がこの地で踏ん張って日本経済を押し上げた歴史があったからこそ、我々は夢の楽園を思う存分楽しめるようになった。

そう考えると、高度経済成長をひた走ってきた先輩たちの汗の結晶にも思える。

とはいえ、あまりにも周囲の風景から浮いているせいか、私自身はこの異空間を何度訪れても落ち着かないのだ。

神戸製鋼所が犯した「罪」の重さ

この連載を執筆しているさなかに、同工業地帯内の代表的企業である神戸製鋼所で、深刻なトラブルが発覚した。

同社は、アルミ製品や銅製品のみならず主力の鉄製品でも強度などを示すデータを改ざんした。しかも、こうした不正は、40年以上にわたって続けられてきたという報道まであった。

同社が生み出す鉄や金属製品は、世界屈指の品質を誇っている。航空機、原子力発電所、自動車、防衛装備品、宇宙関連などハイレベルの安全性が求められるものに同社の製品が重用されていたのは、品質の高さゆえだ。

単に製造技術だけではない。素材のレベルの高さが、高いクオリティーを支えている。

しかし、今回の事態は、日本がものづくり大国と自他共に認めてきたというその根幹そのものを揺るがした。

事件の詳細やそれによる被害状況については、メディアに譲るとして、同社の問題に潜む日本のものづくりの弱点について考えたい。

現在報道されている限りでは、この40年間、神戸製鋼所が納入した製品が原因で、事故が起きたという事実はない。

「だったら、問題ないじゃないか。大切なのは、データではなく実績だ」

ものづくりに携わる人々の心の奥底にはそういう〝常識〟が染みついている。

だが、この発想は現代においてはもはや通用しない。彼らは世界各国の顧客を相手にしなければならないからだ。

もう一つ、不正の原因として考えられるのは、赤字額を抑えるために汲々としていたという企業環境だ。貧すれば鈍する——。その影響を最も受けるのが、安全性の徹底というような細部へのこだわりだ。

経験則上、安全がわかっていれば、より安い代替品でコストカット——そんな発想が、社内では正当化されたのではないだろうか。

そういう意味では、神戸製鋼所で起きた問題は、レアケースではないという想像力が必要だ。

東芝、オリンパス、タカタ、日産自動車など、名門と呼ばれるメーカーが年々歳々コスト高に追い詰められて禁じ手を使う——。この構造をどう解消するのか。

不正事件に大きく揺れた神戸製鋼所（筆者撮影）

世界をリードする製造業の堅持などと高らかに宣言するのであれば、官邸や霞が関には、製造現場が抱えている爆弾のありかを精査してほしい。

爆弾とは、製造業界の無知に潜んでいる。

グローバル・スタンダードという言葉を、耳にするようになって既に20年近い。ところが、この世界標準の発想が、日本のものづくり業界には浸透していない。

そんなものは、必要なかったからだ。

かつては、部品や素材メーカーにとって発注主というのは国内企業だった。両者には長年培ってきた信頼関係と原則があり、それが安全を担保していた。細かい仕様を維持するより、安全でコストが安定していることこそが、最優先だった。

ところが、クライアントが海外にまで広がると、それまでの常識は通用しなくなる。依頼主が求めているのは、発注書通りの製品であり、安全であれば、些細な差違にはこだわらなくてよいなどという勝手な解釈は通用しない。

また、地球規模で、製造者責任が厳格化された。事故や不具合が起きなくても、表示した明細と異なる仕様は認められない。僅かでも違えば、訴訟を起こされて莫大な損害賠償を支払う可能性を覚悟しなければならない。

こういう時代の趨勢と製造業を取り巻く環境の変化を、今なお日本のメーカーは正しく理解していないのではないか。

中小企業なら、致し方ない面があるが、神戸製鋼所のような大手企業でも、その自覚がないから、事件を招いたのだ。

これでは、ものづくり復活どころか、いくら高品質の製品を生み出しても、世界市場というフィールドに立てなくなる日が来るだろう。

東京への本社機能移転の愚行が止まらない

兵庫県尼崎市の臨海工業地帯に行ってみると、真新しい工場が撤収作業を行っていた。プラズマテレビ用ディスプレーを製造していたパナソニックの子会社の旧・尼崎工場だ。プラズマテレビと言えば、2000年代後半には、パナソニックが世界市場でシェア1位を獲得した基幹事業だ。この尼崎工場は、稼ぎ頭の世界ナンバーワンを死守すべく建設され、その規模は世界最大を誇った。

だが、韓国企業との激しい首位争いが起き、工場を造成するなどして対抗したが、結果的に稼働から2年で閉鎖する。さらに、2014年(平成26年)には、プラズマディスプレー事業からの撤退を決め、子会社も解散した。

阪神工業地帯は、近年は撤退は続くが新規参入が進んでいないのが現状で、その衰退と歩調を合わせるように、関西経済の退潮基調が止まらない。

その原因の一つが、本社機能の東京移転だ。大阪府門真市に本社を構えるパナソニックも今年（2017年）、本社機能の一部を東京に移転する決断をした。東京でなければ乗り遅れるのを理由に掲げて創業以来貫いてきた「門真発想」を捨てようとしている。

21世紀に入って、大阪の名門企業が次々と本社機能を東京に移している。それは、製造業に限らない。りそなホールディングス、日清食品グループ、住友グループの主要企業、大林組、武田薬品工業など、総合商社やサービス業まで枚挙にいとまがない。むしろ、パナソニックはぎりぎりまで踏ん張っていた方だ。

インターネットの普及で、世界のどこにいてもグローバル規模の情報が入手できる時代に、なぜか日本企業だけは、時代錯誤な中央集権が常識化している。日本政府は、首都圏の一極集中の解消だの、地方創生だのを謳《うた》うが、実際は正反対のベクトルが年々強まっているではないか。

だが、世界に目を転じると、ワシントンＤＣやロンドン、ベルリンに本社がないと嘆くメーカーなどあまり聞かない。

多くは発祥の地に深く根を下ろし、その企業が発信源となって世界から人を集めている。東京に本社機能を移す企業の多くは「情報が的確に入手できない」ことを理由に挙げる。このＩＴ時代にだ。

それは、なぜか。

経営陣が求めている「情報」とは、人の口を介してしか伝わらない「ネタ」だからだ。ネタは人脈というネットワークで入手する。しかも、ディープな人間関係がなければ生まれない。そのため、権力とカネが集中する東京にいない者は乗り遅れてしまうという〝常識〟が生まれた。

そのような傾向が定着したのは、政府の政策にも原因があるように思う。かけ声ばかりは外向きだが、権力と富を放さず、新しい政策についての情報交換も、都心に拠点を置く企業ばかりを優遇している。だから、外国企業も東京にさえいれば、日本事情が把握できてしまうという悪循環だ。

「日本にもシリコンバレーを」と叫ぶ割に、まるで御用聞きのように社長が権力者にすり寄る企業にしかネタを与えない。

これでは、世界で競争力をつけるための発想やイノベーションが起きるはずがない。20世紀のビジネスは地方に本社を置いてあえて東京から離れることで、独自性を生み出してきた。

それが日本企業の強みだった。

ものづくり大国復活などと幟《のぼり》を立てるのであれば、首都圏に本社を置く企業には「情報税」などの名目で高い税金をかけ、地方に拠点のある企業を優遇するぐらいの度量を政府は示してほしい。

また、企業も「東京の情報なんてどうでもいい。我が社は我が道を行く。そして、世界中から人を集めるだけのイノベーションを起こす」という気概が必要なのだ。

常に情報を発信し続ける者には、必ず他からも情報が集まる。東京に行けば手に入る程度のネタで、自社が繁栄すると考える経営者は、即刻退陣した方がいい。

そして、アンチ東京企業として独自性を打ち出すことこそが、阪神工業地帯――さらに関西経済の生きる道なのだ。

りんくうタウンから望む阪神工業地帯（筆者撮影）

EPISODE 16

大政奉還150年
——その深謀遠慮と誤算

［週刊エコノミスト：2017年11月21日号〜12月26日号］

京都霊山護国神社内にある坂本龍馬（左）と
中岡慎太郎（右）の墓と像（筆者撮影）

徳川政権延命のための大ばくち

慶応３年10月14日（１８６７年11月９日）——第十五代将軍、徳川慶喜《とくがわよしのぶ》は「大政奉還の上表文」を朝廷に提出した。朝廷は、翌日、慶喜を京都御所に呼び出し、その申し出を受け入れると伝えた。

世に言う「大政奉還」の瞬間である。２０１７年（平成29年）は、その大政奉還から１５０年という節目の年で、各地で「大政奉還から１５０年記念プロジェクト」が開催されている。

もっとも、「大政奉還」という言葉は知っていても、その真意については漠然としているという読者も多いのではないだろうか。

そこで、１５０年にかこつけて、「大政奉還」とは何だったのかを、改めて考えてみたい。

一般的に大政奉還とは、徳川幕府２６４年の歴史の終焉《しゅうえん》として理解されている。では、大政とは何を指すのか。

歴史書によると、大政とは政権を意味する。現代的な視点で意訳すると、大政奉還とはいわば政権交代だ。もっとも、明治維新以降で政権交代を大政奉還と表現されたことは一度もない。そう考えると、この時の政権の奉還が相当に異例の事態だったことがうかがえる。

何が異例だったのかと言えば、政治の実権者の変化である。それまで政治の実権は、軍事の長である征夷大将軍が握っていた。大政奉還は、それを朝廷に返上したのだ。そして鎌倉時代から続いた武家社会が終わり、天皇を頂点とする立憲君主制がスタートした——。

つまり、政治制度が大きく変わった「維新」だった。

徳川慶喜は自ら大権を捨て、日本を近代国家へと進化させた立役者ということになる。

だが、実際は、そんな美談ではなく、慶喜なりの深謀遠慮の末の選択だったと思われる。すなわち、いくら将軍が大政を返しても、当時の朝廷に統治能力などなく、すぐにでも将軍を頼ってくるだろうと慶喜は予測していたようだ。その片りんは、彼が大政を奉還しても、将軍職を辞していない点にある。もっとも、それでは代わり映えしないので、慶喜は近代国家らしい「大統領」という職名に変えようとしたのではないかという説を唱える研究者もいる。

だが、職名が変わろうとも、実権は将軍が掌握する。同時に、倒幕を画策する薩摩藩や長州藩などの大義名分を崩すことで、機先を制した策謀こそが、大政奉還だったのだ。

滅亡の危機にあった徳川家の存続を賭けた慶喜の大ばくちだった。そして、その勝負は、朝廷を慌てさせた。

朝廷としては、まずは朝敵である徳川家を倒幕派の協力を得て倒したかった。それから近代国家を目指すという彼らの青写真を、慶喜は阻止したのだ。

軍事クーデター阻止に動いた老獪《ろうかい》大名の暗躍

徳川慶喜が大政奉還を決断した背景として、ある人物の強い助言があったと言われている。幕末の四賢侯の一人、山内容堂《やまのうちようどう》（豊信）だ。土佐藩主として辣腕《らつわん》を振るい、引退後は江戸幕府の行く末を案じながら、新しい時代の幕開けを展望していた。

土佐藩と言えば、坂本龍馬や後藤象二郎《ごとうしょうじろう》など、急進的な討幕派の出身地でもある。容堂は、龍馬らの未来志向に理解を示しながらも、より穏便な政権移譲を画策した。一般に大政奉還の発想は龍馬によると言われているが、将軍職の廃止条項を削除したうえで慶喜に建白したのは、容堂だった。

そのため、血気盛んな討幕派の志士たちからは、優柔不断と非難され「酔えば勤皇（朝廷派）、

大政奉還の決意表明をした場である二条城（筆者撮影）

覚めれば佐幕（幕府派）」と揶揄《やゆ》された。だが、軍事クーデターを起こすことなく、権力移譲を行うべしという発想は、その後の江戸城無血開城へとつながる。

明治維新ファンには申し訳ないが、龍馬にしても、西郷隆盛にしても、所詮はクーデターの起爆剤でしかなく、彼らはその役目を終えると共に、排除されていった。

革命を先導するのは、若き血潮かもしれないが、大権の移譲は、容堂のような深謀遠慮にして老獪な大人の政治家が必要だったのだ。

慶喜が、容堂の助言に従ったのは、慶喜自身が、徳川幕府の限界を自覚していたからと思われる。さらに将軍職に強く推挙してくれた恩人であったことも影響している。

当時の慶喜の心境は、幕閣といえども敵かもしれないという四面楚歌《そか》の状況だった。そんな中で、容堂は数少ない「味方」だったのだろう。

だが、朝廷や幕府をはじめ各方面の思惑が錯綜した幕末とは、戦国時代以上に複雑怪奇な時代であった。そのため、ソフトランディングを目指した容堂の画策は、思わぬ形で崩壊していく。身内の造反だ。

討幕派とは、徳川幕府を完膚《かんぷ》なきまでにたたき潰したいという強硬派が大半である。中でも、薩摩や長州は、軍事クーデターによる幕府の滅亡を目指していた。その中には一部の土佐藩士も含まれる。

そして、朝廷内の強硬派がそこに加わり、慶喜と容堂が描いた大政奉還後の政権維持はもろくも崩れ去ってしまう。

壮絶なサバイバルの中で生まれた歴史のあや

徳川慶喜が大政奉還を上表した前日の慶応3年10月13日（1867年11月8日）、薩摩藩の大久保利通《おおくぼとしみち》らはひそかに岩倉具視《いわくらともみ》宅を訪ねた。そして、岩倉から徳川慶喜討伐の詔書を受け取った――とされている。後に言う「討幕の密勅」である。

討幕してこそ、新しい政権（大政）が実現すると考えた岩倉にとって、大政奉還は欺瞞《ぎまん》だったらしい。そこに、徳川政権にとどめを刺したい薩摩や長州藩の思惑とが重なった。

ただ、詔書には複雑な手続きと、天皇以下の朝廷重鎮ら全員の承認が必要だった。大政奉還で事を収めたい親幕派貴族らの反発は必至で、詔書は岩倉たちによる偽造の疑いもあるという。

それはともかく、一言で明治維新と言われるが、その実情は、多数の利害関係者《ステークホルダー》たちの思惑と欲望が錯綜しているのが面白い。

徳川と敵対したことで朝廷から追放された岩倉と、外様大名として260年余りにわたり辛酸をなめてきた薩摩と長州藩の、すさまじいまでの怨念が、静かな終焉を認めるはずがなかった。

さらに個人的な信念で、縦横無尽に関係者を渡り歩き、機動的に行動する坂本龍馬《さかもとりょうま》や新撰組《しんせんぐみ》の面々など、とにかく役者が入り乱れた。それは生き残りを懸けたバトルロワイヤルそのもので、一般にイメージされる英雄譚《たん》というような類ではない。

徳川慶喜は、岩倉らの「討幕の密勅」を知るなり、征夷大将軍職を朝廷に返上している。これによって、討幕の大義がなくなるからだ。

それでも岩倉らはひるむことなく、明治新政府軍と旧幕府軍の間で鳥羽・伏見の戦いへと突入する。にもかかわらず、江戸城無血開城という革命の常識を覆す結末を迎える。

その背後には、一筋縄ではいかない権力闘争の連続があり、それが皮肉な結果を生じさせたのだ。

さらに、幕末の英雄たちが歴史的役割を終える時期も迫ってくる。

歴史は、残酷なまでに英雄たちに牙を向け始める。

日本人は、龍馬のすごさを知っているのだろうか

慶応3年11月15日（1867年12月10日）夜、京都市四条河原町にあるしょうゆ屋・近江屋に投宿していた坂本龍馬と中岡慎太郎《なかおかしんたろう》、山田《やまだ》藤吉《とうきち》の3人が暗殺される。

幕末の激動の中で、日本の未来に可能性を見つけ、藩士としてではなく、一志士として奔走した英雄は、明治維新の光を見ぬまま帰らぬ人になった。

もし、龍馬が登場しなければ、明治維新はもっと違った形で起きていたかもしれない。

土佐藩士でありながら、薩摩藩と長州藩の一触即発の関係を仲介した功績は大きい。たとえば、薩長が本気で戦をしていたら、背後にいた英仏軍に日本に乗り込む大義名分を与え、日本は両国の植民地になっていたかもしれない。

また、龍馬は土佐藩主・山内容堂に、未来の日本のあるべき政治システムを具申し、敵だと考えられていた江戸幕府に平和的な大政奉還も提案している。

まさに八面六臂《ろっぴ》の大活躍は、一つの時代が終わり、新しい時代を迎える時に必ず出現する英雄そのものだ。

さらに、大志を抱きそれを実行し、劇的に憤死する龍馬の生きざまは神格化され、その後の時代の多くの若者らの憧れにもなった。

偉人の中でも、龍馬の存在は稀有《けう》と言える。

何より彼は、大名でも幕閣でもない下級武士であった。言い換えれば、志と行動力がある者ならば、誰でも龍馬になり得たからこそ、時代を超えたヒーローとして認められたのだ。

また、人と人を結びつける調整能力の高さは群を抜いている。双方の利害を衝突させることなく落としどころを見つける交渉力は、空気を読み、上官を敬う封建社会の中にあって、まさ

本人の遺言で土佐ではなく土佐藩下屋敷があった
大井公園の近くに眠る山内容堂（筆者撮影）

に奇跡の技だった。

戦後を経て、民主主義が浸透する中でも、龍馬の人気が色あせないのは、彼の交渉人《ネゴシエーター》としての辣腕が、現代社会でも十分通じるからだ。

私は龍馬を神格化するのは反対であるが、彼の軌跡の中に、現代社会で生かせる教訓を見つけたいとは思う。

そして、龍馬のように敵対する相手にでも臆せず会いに行き、理想を語り相手の話を聞いて大願成就を果たす若者の出現を待っている。

世界の中の日本という視点を忘れない龍馬の教え

坂本龍馬が自由自在に活動できた背景には、ある財閥の暗躍があったと言われている。ジャーディン・マセソンという香港に拠点を置く英国系財閥だ。ジャーディン・マセソンは、中国のアヘン貿易で大きな富を得、英中のアヘン戦争（１８４０〜１８４２年）にも大きく関与した。

日本とのビジネスにも早くから関心を寄せており、１８５９年（安政6年）9月には、代理店を設立している。この代理店の主に据えたのが、幕末の志士たちにさまざまな援助を惜しまなかったスコットランド出身のトーマス・ブレーク・グラバーだ。２０１５年（平成27年）に世界文化遺産に登録された旧グラバー住宅（長崎県）の主人という方が通りがよいかもしれない。

グラバーは貿易業を営む傍らで、攘夷《じょうい》論で凝り固まっている志士を上海租界に遊学させたり、後に初代外務大臣を務める井上馨《いのうえかおる》ら、長州五傑の英国留学を支援した。

グラバーの目的は、井の中の蛙《かわず》である志士たちに、グローバルな視野を持たせることにあった。それが開国推進、ヨーロッパ先進国との交易促進につながると確信していたからだ。

明治維新の中にあって、龍馬が特筆されるのは、多くの志士が、政治的な立場から倒幕、維新を目指していたのに対し、龍馬一人がビジネスこそ日本を豊かにするというマインドを持っていた点だ。

すなわち、国や社会は、イデオロギーではなくビジネスによって変革すべしという確信の下に行動したのだ。

龍馬をビジネスマンという位置づけで見ると、彼の行動力の源がわかる。龍馬は、双方が対立し合う関係であろうと構わず両者と等しく交流し、成果を上げる。つまり、関係者全員が利すれば国家の繁栄につながるという、まるで商社マンのような視点を持っていたのだ。その才能を見抜いたグラバーは、龍馬を強く支援した。言い換えれば、龍馬は外資系資本家の先兵だったという見方もできる。

龍馬の行動には現代にも通じる教訓がある。

日本という国を変革するための、グローバルな視点から日本を見つめる姿勢の重要性だ。

世界の中の日本――という視点がなければ、日本はいつまでも内向きで独り善がりの精神的鎖国から脱出できない。それは、日本という国家を弱くする。

龍馬は、その視点の重要性を身をもって訴え、証明してみせた。

世界の中の日本という視点を忘れるな！

１５０年を経て、龍馬が墓の下から叫ぶ声が聞こえる。

「維新」という美名の下で、果たせなかった市民革命の理想

近代とは、革命によって市民が基本的人権や民主主義を手に入れた輝ける時代と言える。

大政奉還から始まる明治維新で、「近代」へと突入した日本は欧米のそれとは違い、そのプロセスを経ることなく近代化してしまった。

明治時代になって憲法が制定され、ヨーロッパ先進国に近い立憲君主制による議会も生まれはしたものの、これらの政治システムは、後進国ニッポンが、先進国のひな型を模倣しただけにすぎない。欧米のように革命家やインテリ層の命がけの戦いによって勝ち取ったわけでないため、空虚なのだ。

幕末に「ええじゃないか」のような民衆の胎動はあったが、それも時代のうねりに煽《あお》られた

祭りのようなもので、政治の主役を目指す運動ではない。確かに、将軍による統治から天皇による立憲君主制へと変わりはした。しかし、それは一部の権力者が〝倒幕〟を果たしただけで、国民が政治の主役になるための革命ではなかった。

革命を経て民主主義や基本的人権を手に入れなかったことは、その後の日本の政治システムの変遷と発展に大きな影を残し、現代に至るもいまだ尾を引いている。

たとえば、平和と社会的発展を委ねる推進力である政治家を選ぶ選挙も、投開票時には盛り上がるが、選ばれた議員を我々の代理人だという認識は希薄だ。

そのため、議員が公約実現に努力しているのかについては、無関心に近い。

また、政治は庶民の与り知らぬところで動いているという暗黙の了解が今なお潜在し、市民にとって不利益な政策が推し進められても、よほどのことがない限り「仕方ない」と諦めてしまう。

2009年（平成21年）の政権交代や2011年（平成23年）の東日本大震災の発生によって、政治への関心は高まりはした。だが、立憲民主主義の本質を守ろうという動きはなく、ただ、個々人の思い込みによる〝勝手民主主義〟が蔓延しただけだ。

うっかりすると、国家は国民を統制し、僕《しもべ》にしかねない。そのような暴走を防ぐ手だての一つとして、国家を監視し、是正する有権者の存在が必要なのだ。

そのバランスが崩れたから、江戸幕府は政治的に衰退し、志士が立ち上がったのだ。ただ、残念ながら、明治維新は日本国民を巻き込むまでには至らなかった。

大政奉還から150年経った今、若き志士たちの英雄的行為ばかりにフォーカスせず、彼らが目指し、なしえなかった理想国家とは何だったのかを真剣に考えなければならない。

明治維新の推進力とは、「このままでは、日本はダメになる!」という強い焦燥感だった。

米国のペリー提督が戦艦と共に、浦賀に現れて以来、多くの国民が外国に侵略される危機感を覚えた。

だが、時の政府(=幕府)は、右往左往するばかりで、的確な対応ができなかった。政策なき政権など、社会にとっては不要であり、新たな為政者を求めるのは必然だった。

そういう機運の中、心ある幕閣、京都の貴族の一部、そして幕末の志士たちが、日本の未来のために命がけで闘った。

つまり、彼らが求めた理想国家とは、生まれて良かったと思える社会であり、何より未来に希望がある国家のことだ。

市民革命レベルの国民的ムーブメントには至らなかったが、それでも、その情熱と行動は、過去日本では一度もなかった大事件だったのは、間違いない。

翻って、現在の日本の政治家はどうだろうか。社会が複雑になり生きるのがつらい空気が蔓延している。また、幕末期同様に外圧によって社会が揺らいでいるのに、政治家たちはみな選挙に勝つこと（＝保身）しか頭にない。

政治に問題があると誰もが気づいているのに、そのトップの不実と国民への背信を咎めることもなく、むしろ我先にとすり寄っていく。

新たな為政者を求めるために命を懸けた幕末の志士たちは、現在の日本を見て、「俺たちは、こんな国のために命がけで明治維新を起こしたのだろうか」と嘆いているかもしれない。

耳に心地よいウソばかり並べる為政者に異を唱えない者に、大政奉還１５０年を語る資格はない。

坂本龍馬と中岡慎太郎が暗殺された京都・近江屋事件の舞台の近く。今もファンが訪れる（筆者撮影）

EPISODE 17

言葉とは裏腹の平成時代

［週刊エコノミスト：2018年1月9日号〜2月6日号］

年号と同じ名の地名があったエリアにある道の駅。岐阜県関市（筆者撮影）

あまりにも残酷で壮絶な30年が終わろうとしている

天皇陛下が２０１９年4月30日に退位することが、正式に決まった。その日に、平成も終わる。昭和天皇の崩御翌日である１９８９年1月8日、首相官邸で記者会見した小渕恵三《おぶちけいぞう》官房長官（当時）が、色紙を手に「新しい元号は『平成』であります」と宣言、平成がスタートした。平成の名は、『史記』の「内平外成（内平かに外成る）」と、『書経』の「地平天成（地平かに天成る）」」が由来で「国の内外、天地とも平和が達成される」という意だという。

しかし皮肉なことに、その願いとは裏腹に、激動とショックの連続の30年となった。元年となる１９８９年は世界中で激震が起きた。11月にベルリンの壁が崩壊。それを契機に東欧で次々と革命が起き、共産党一党独裁政権が倒れた。さらに、米ソ首脳が冷戦終結を宣言し、44年間にわたる冷戦構造についにピリオドが打たれた。

日本国内では、不動産投機と株価の急騰で、年末に日経平均株価が史上最高値３万８９１５円を記録したが、翌平成２年（１９９０年）の年明けから反落、日本経済はバブル経済崩壊という長く暗い坂道を下っていく。また同年に湾岸戦争、平成３年（１９９１年）にソ連崩壊と続き、世界の枠組みが崩壊した。

そして、平成７年（１９９５年）、阪神・淡路大震災とオウム真理教による地下鉄サリン事件、平成９年（１９９７年）には、山一證券の破綻に始まる金融危機という日本を揺るがす大きな出来事がたて続けに起きて、戦後50年近く成長と安定を続けてきた日本は初めて「喪失社会」という厳しい壁にぶち当たる。

日本の繁栄の証しと言われた終身雇用・年功序列・護送船団方式のサラリーマン主流社会は崩壊、内需縮小とデフレが始まる。

21世紀になっても世界の激動は止まらない。平成13年（２００１年）９月11日には、イスラム過激派による同時多発テロ事件が米国を襲う。

かつては世界の警察と自他共に認めていた米国が、憎悪の対象となる時代が到来したのだ。

平成20年（２００８年）のリーマン・ショック、そして、平成23年（２０１１年）の東日本大震災と、平成という時代は、ひとときの安らぎすら許さぬ苛烈な試練を人間社会に与えた。

俯《ふ》瞰《かん》してこの時代を見ると、ショックの多くは、なりふり構わず突き進むことで生まれた第二次世界大戦後の世界秩序のひずみと、謙虚と慎みを忘れた人類の強欲が生んだ自業自得だったように思える。

「きっと、もっと、ずっと」――永遠の繁栄と安寧を信じて疑わなかった我々の価値観をこの30年はひたすらたたき潰してきた。そして、人類は覚悟の時代を迎えることになる。

数字で踊ったバブル経済崩壊の教訓は生かされているのか

平成元年（1989年）12月29日――。東京証券取引所の同年最終営業日である大納会で、日経平均株価は3万8915円を記録した。膨張し続けてきた株価が頂点をつけた瞬間だった。

日本経済に陰りはまったく見られず、年明けの4万円突破は間違いない――というのが、大半のエコノミストやアナリストの見立てだった。

だが、平成2年（1990年）最初の営業日以降、株価は下落に転じる。それでも、この日から日本経済の崩壊が始まるとは考えていなかった。だが株価の下落はとどまるところを知らず、同年10月には、2万円を割り込んだ。

一方、バブル経済膨張のもう一つの牽引《けんいん》車である地価についても、異変が起きる。

同年3月27日、大蔵省（現・財務省）が、金融機関による不動産業への過剰な融資を規制する不動産融資総量規制を通達する。あまりの地価高騰を懸念した政府介入だったが、それが引き金になり地価も大暴落した。

さらに、平成3年（1991年）、大手証券会社による「損失補塡《ほてん》」が発覚、次いで、銀行の大蔵省担当（MOF《モフ》担）による大蔵省幹部への異常な接待、反社会的勢力との深い関係までが暴かれ、経済大国ニッポンが長年溜め込んできた膿《うみ》が一気に噴き出してしまう。

バブル経済崩壊は、既に歴史的事件となっているが、我々はその教訓を本当に生かしているだろうか。

くしくも2017年（平成29年）の秋以降、東証の株価は上昇を続け、日経平均も2万円を突破、関係者も政府も「日本経済復活の兆し」だの「今度こそ4万円突破の風」だのと騒いでいる。しかし、その根拠は、あまりにも薄い。

私が思うに日本人はデータより感覚を優先する人種ではないだろうか。

株価や外国為替が好調だと、生活や社会で感じる肌感覚よりもその数字が景気の現状だと思い込んで大喜びする。

だが、現在の日本社会は、本当に生活が楽になったと言えるのだろうか。

たとえ昇給してもスズメの涙程度の額だし、夫婦共働きでないと「普通の生活」がおぼつかない社会の、いったい何が好景気だというのだろう。

バブル経済崩壊以降、日本の株式市場を支配しているのは、外国人投資家だ。その比率は明確ではないが、投資額の半数以上が外資の資金であるのは間違いない。彼らの目的はあくまでも投資で、莫大《ばくだい》な資金に物を言わせて市場を支配して、暴利をむさぼっているだけではないのか。

なのに、バブル経済の反省も教訓も生かすことなく、常に後づけの説明ばかりするアナリストやエコノミストの言葉に踊らされ、個人投資家までがなけなしのカネをはたいて、株式市場で一攫千金を狙っている。

日々の実感から現状を嗅ぎわけ、数字に踊らされない見識を持ってはじめて、平成の初頭に吹き荒れたバブル崩壊という歴史的事件に意味が生まれる。だが、日本人は過去の教訓を忘れて、甘い好景気幻想に踊り続けている。

昭和の総括抜きに平成は語れない

２０１７年（平成29年）12月23日——天皇陛下の84回目の誕生日に、東京都八王子市の武蔵陵墓地にある昭和天皇 武蔵野陵《むさしののみささぎ》を訪ねた。

天皇の退位が決まった後の誕生日なので、武蔵野陵にも多くの参拝者がいるのではと期待したのだが、訪れる人はほとんどいない。

昭和は、戦争と経済成長の時代だと位置づけられている。だが、大半の歴史的事実は総括されないまま放置されている。

なぜ日本は軍国主義へと傾斜していったのか。なぜ戦争を始めたのか。なぜ原爆を投下されるまでに終戦を迎えられなかったのか。

そして、戦後の高度経済成長は日本人を本当に豊かにしたのか。

日本は、独立国として自らの足で立っていると言えるのだろうか。

東京五輪、大阪万博、札幌五輪と世界のひのき舞台で大成功し、庶民文化の爛熟《らんじゅく》期を迎えた

訪れる人もまばらな昭和天皇 武蔵野陵（筆者撮影）

1970年前後に、なぜ学生運動が吹き荒れたのか。あの運動は、本当に民衆の民主主義の目覚めだったのだろうか。

また、バブル経済が膨張し、破綻したのはなぜか。破綻後の処理は、あれでよかったのか。

この問いのどれ一つ、我々は「解」を見つけていない。

平成が終わる今だからこそ、ひと時代前の昭和の総括がなされていないのは重大問題であると訴えたい。なぜならば、平成は昭和のツケを払い続けた30年とも言えるからだ。

憲法問題をはじめ、日米関係や防衛問題には、昭和時代に決着させせ、国民のコンセンサスを得るべきことだった。だが、「まずは豊かになろうじゃないか」というかけ声にごまかされて、日本人は皆、これらの問題を意識下に押し込んできた。

それほどまでして豊かさを追い求めながら、我々は結局、バブルと共に多くのものを失ってしまった。

平成後期に、「民主主義を守れ!」という運動が盛んになったが、そもそも日本人は民主主義の意味を理解しているのだろうか。声高に理屈と権利と主義を主張するのに、なぜ自分の考えを代表する政治家を国会に送り出さないのだ。

何より日本は現代史の学習をおろそかにしてきた。

善悪や思想でない事実だけを抽出する現代史の編さんと学習こそが、我々に今最も必要な教育かもしれない。しかし、今年もまた時間は過ぎていく。果たして、過去を振り返ることは罪なのか。平成時代が幕を降ろす前に、立ち止まって歴史を見つめる姿勢を持ちたい。

新元号と同じ地名に起きた騒動の地の今

1989年1月7日——新元号が「平成」と発表された日のことである。当時私が勤務していた新聞社の支局に、ある情報がもたらされた。

元号と同じ地名が、岐阜県内にあるというのだ。

武儀郡武儀町《むぎぐんむぎちょう》下之保字平成《しものほあざへなり》——は私が担当していた町内にあった。

新元号を制定する際には、地名や組織名が既存していないことに配慮する。だが、その網目からこぼれ落ちた平成《へなり》は、民家がわずか9軒しかない谷間の集落だった。それが一転、スポットライトを浴びた。

その日から静かな集落に、人が大挙して押しかけた。だが、大勢を受け入れる準備もない集落は、大混乱に陥った。マスコミはもちろん一般客も引きも切らず訪れ、連日、2000～3000人を数えた。

数日後、空き地の片隅に清涼飲料水の自動販売機が設置された。空き地は整備され臨時駐車

旧武儀町平成地区（現・岐阜県関市）には、平成フィーバーを機に
「元号橋」も整備された（筆者撮影）

場ができた。さらには、当時は「平成」という地名を示す唯一の標識だった「平成林道」の看板が、何者かに盗まれる事件も起きた。平成元年が岐阜県知事選挙の年で、地元で選挙違反が起き、新聞紙上をにぎわせた。

締めは、当時の武儀町長が「町名を平成町に変えようと思っている」と非公式に発言したことだ。各メディアで「町名変更か」という記事が躍り、大騒ぎになった。その一部始終を、私は現場の担当記者として目撃した。

正直言うと、「昭和というあまりにも重い時代を総括しないままに、こんな騒動で紙面を埋めていいのか」と腹立たしいばかりで取材するのさえ憂鬱だった。それと同時に、「日本は本当に平和な国なんだな」と呆れもした。

あれから29年を経て、騒動以来初めて平成を訪れた。

武儀町は平成17年（2005年）に関市と合併し、平成町と改名されることもなく、地名から消えている。だが、県道沿いに道の駅「平成《へいせい》」があり、平日でも立ち寄り客でにぎわっていた。同施設内にあるふるさと館には、平成騒動の様子を伝える当時の記事も展示されていた。

この道の駅は、厳密に言えば、平成《へなり》地区ではない。かすかな記憶を頼りに、平成地区を訪ねると、当時をしのばせる土産物屋の跡地や、平成の地名のゆかりを示す大看板が30年という年月を耐えて残っていた。こちらは、道の駅と違って訪れる者は皆無で、騒動が起きる前と同様に寂しいほど静かだった。

改めてあの騒動を振り返ると、もったいないことをしたと今さらながら思う。よくあるエピソードではあるものの、しっかりと腰を据えて取材すれば、さまざまな情報発信ができた気がする。

事件は突然降ってくる。ならば時々刻々に起きる事件を追いかけながら、常にその根っこと、その事件が日本社会の中でどんな位置づけとなるのかを見据える目を持たなければ、マスゴミと罵られるばかりだ。

当時の私は、虫の目と鳥の目という二つの視点を持てないまま、あたふたして記事を送り続けた。それは若気の至りでは済まされない。自戒はもちろんだが、新たなる元号に向けて、メディアが熱く冷静に社会を見つめてくれることを期待している。

平成を彩ったはずの新語・流行語は時代の鏡だったのか

平成元年（1989年）の世相を反映した言葉として新語・流行語大賞に選ばれたのは、「セクシャル・ハラスメント（セクハラ）」と「オバタリアン」だった。

セクハラは30年を経てさらに重い意味を持ち、一方のオバタリアンは、今や死語に近い。

新語・流行語大賞に選ばれるのは、いくつか発信源がある。人気テレビ番組、お笑いタレントの言葉、そして、ビジネスや政治現象（スキャンダルも含む）と続く。

この30年の中で印象的だった言葉を挙げると——

「ファジィ」平成2年（1990年）

「同情するならカネをくれ」平成6年（1994年）

「無党派」平成7年（1995年）

「だっちゅーの」平成10年（１９９８年）
「ＩＴ革命」平成12年（２０００年）
「小泉劇場」平成17年（２００５年）
「アラフォー」平成20年（２００８年）
「政権交代」平成21年（２００９年）
「今でしょ！」平成25年（２０１３年）
「集団的自衛権」平成26年（２０１４年）

などがある。意外な言葉もあれば、今や日常用語となった言葉もある。

そして、平成29年（２０１７年）は、「インスタ映え」と「忖度《そんたく》」だった。

この２語が時代を反映しているのかというと、なんとも微妙な印象だ。

それより気になったのは、流行語だけを眺めていると、平成はとても明るい印象があることだ。経済の停滞、２度の大震災など、次々と不幸が襲った30年だったのに、各年の印象的な言葉は、明るい——。

これは、どれだけ生活が大変で、未来が不安でも、明るく生きていこうじゃないかという日本人の気質と捉えるべきなのだろうか。

それとも、社会が大変なのを嘆いたところで始まらない。そんなことは無関心にお気楽に生きていこうじゃないかという開き直りなのか。

もし後者ならば、我々は本心を語る言葉を喪失し始めているという危機を感じた方がいい。

また、日本人の価値観はほぼ同一だったという幻想があるが、それが徐々に多方面に乖離《かいり》し、互いは無関心のまま過ごしている状態が進んでいるとも分析できないか。

社会やニッポンの未来について、無関心が確実に広がっている実感がある。

悲惨な出来事や、社会制度の歪みをメディアが取り上げても、「それは、可哀そうな人の出来事」として、自身の問題としては考えない。

また、未来に対する危機感は、「国やマスコミが、恐怖を煽《あお》っているだけで、日本はずっと現状維持できるのに」と思い込む人が増えた。

背景にあるのは、平成の30年間に、ひたひたと世界中に蔓延したソーシャル・ネットワーキング・サービス《SNS》の影響が大きい。ＩＴ革命の影響で、膨大な情報が氾濫《はんらん》したために、自分の立ち位置がわからなくなり、ＳＮＳが、多くの人にとって最強のコミュニケーション・ツールになった。

ＳＮＳでは、同じ価値観や同じ怒りを持った者だけが繋がることができる。やがて、共感できる相手と語り合えるものだけが、常識であり、正義であるようになった。

だから、その枠外の出来事は、もはや関心の対象ではなくなる。

悲惨な30年と言われる平成という時代の中で、ＳＮＳは、安心できる居心地のよい場所を与えてくれたとも言える。

しかし、それによって日本という国が、今どういう状態なのか、未来にどんな危機を孕んでいるのかということは、気にならなくなってしまった。

平成とは経済が大混乱した騒擾《そうじょう》の時代だと考えていた。だが、未来からこの時代を検証すると、「自分の価値観以外を認めなくなった」ＳＮＳ症候群が始まった時代だったと言われるかもしれない。

新たな時代を迎えるに当たり、考えや生き方が異なる異文化の人たちとの交流が増えることを切に願う。

国立公文書館に展示している「平成」の色紙と新元号を発表する小渕恵三官房長官（当時）。その後、首相にまで上り詰めながら、病に倒れた小渕氏は、騒動続きの平成の申し子だったのかもしれない（中村琢磨撮影）

EPISODE 18

名門・東芝は何を失ったのか

［週刊エコノミスト：2018年2月13日号〜3月20日号］

2017年11月、長年独占的なスポンサーを務めた東芝の降板が決まったアニメ「サザエさん」。原作者の長谷川町子さんらが開いた長谷川町子美術館（東京都世田谷区）にあるサザエさん一家の像は、あいにくの雨にぬれたサザエさんが、泣いているように見えた（筆者撮影）

世界の一等地から看板を下ろす名門企業の矜持《きょうじ》は、いずこ？

２０１７年（平成29年）11月——東芝は、２０１８年上半期で、ニューヨークのタイムズスクエアに設置した企業広告看板の契約を解消すると発表した。

それは、名門企業東芝の凋落《ちょうらく》を世界に宣言した瞬間でもあった。

「不適切会計」という耳慣れない表現で、東芝の問題が表面化したのは、3年前の２０１５年（平成27年）５月だ。具体的には、２００８年度から２０１４年度の第３四半期の期間で、利益を約１５００億円かさ上げしたというものだ。

発覚後に同社が立ち上げた第三者委員会は、このかさ上げには、経営トップを含めた組織的関与があったと断罪した。この問題で、東芝は当時の田中久雄《たなかひさお》社長をはじめ、元社長の佐々木《ささき》則夫《のりお》副会長、西田厚聰《にしだあつとし》相談役（２０１７年12月8日没）の辞任も発表。全取締役16人のうち、8人が引責する異常事態となった。

そもそも利益をかさ上げする行為は、それまで「粉飾決算」と呼ばれてきた。それが、東芝は最近まで「不適切会計」という表現にこだわった。

両者は、何が違うのか。意図を持って利益のかさ上げをしたら粉飾決算（東芝問題では「不正会計」という表現が使われた）であり、何らかのミスによって利益額を「間違えた」可能性がある場合には、「不適切会計」と呼ぶのだという。

そして、東芝社内の利益かさ上げは、経営陣が事実上強要したことが明らかになった。つまり、会計をごまかす意図が紛れもなくあったわけで、すなわち東芝は「粉飾決算」に手を染めた。にもかかわらず、東芝は２０１７年（平成29年）10月まで、「不正」の事実を認めようとしなかった。

私は、その姿勢こそが、３年も続く東芝問題の根源だった気がする。

すなわち、製造業の本分を守るよりも、株価向上至上主義を貫き見栄を張るという姿勢だ。大きな損失が発覚すれば、東芝の株が暴落するかもしれない。それだけは、どんな手段を使っても避けたいと必死だったのだろう。

それができなければ、東芝は名門の看板を下ろさざるを得ない。その恐怖におびえ、臭いものには全て蓋をして、いつしか身動きが取れなくなってしまっていたのだ。

皮肉なことに、２００７年（平成19年）、東芝がタイムズスクエアに看板を設置した目的は、世界的名門企業となった東芝のブランド力を誇示するためだ。しかし、その翌年から「不適切会計」も始まっている。事業の実績や実態よりも、体裁を良くしたい。なぜなら、「超優良企業《エクセレントカンパニー》」という冠が何より重要だったからだ。

実態のない幻想にとらわれてはいけない――。名門・東芝ともあろうものが、この真理をかなぐり捨ててしまった。

その成れの果てが、タイムズスクエアの看板撤去に象徴されるのだ。

日本初、世界初の製品を世に送り続けた栄光の軌跡は、未来に続くか

東芝は、「からくり儀右衛門」と呼ばれた田中久重《たなかひさしげ》が創業した芝浦製作所と、「日本のエジソン」と呼ばれた藤岡市助《ふじおかいちすけ》が設立した東京電気が1939年（昭和14年）に合併して誕生した。ものづくりの匠と電気のエキスパートがタッグを組んだ東京芝浦電気は、日本初の総合電機メーカーとして栄光の歴史を刻んだ。

その歴史は、日本社会、そして日本の文明史そのものだ。

白熱電球、電気扇風機、ラジオ受信機、電気洗濯機、電気冷蔵庫、発電用ガスタービン、日

本語ワープロ――。いずれも東芝が、日本で初めて販売したものだ。

さらに、家庭用インバーターエアコン、ラップトップ形パソコン、NAND型フラッシュメモリー、DVDプレーヤーなど世界的な発明品も多数ある。

「万般の機械考案の依頼に応ず」というのが田中のモットーで、まさに依頼されるままに、次々と発明品を製造してきた。

一方の藤岡は、白熱電球の国産化を皮切りに、日本初のエレベーター、発電機など電気インフラの開発で、エレクトロニクスの恩恵を日本社会にもたらす牽引《けんいん》役を果たした。

それら発明品を集めた川崎市幸区にある東芝未来科学館には、同社が手がけた日本初、あるいは世界初の製品が陳列されている。

館内で、面白いものを見つけた。

「主婦の読書時間はどうしてつくるか」というコピーと共に、電気洗濯機の意義を語っている広告だ。いわく――その近道は洗濯に使われる時間の合理化である。これは電気洗濯機の利用によって解決される。

つまり、電気製品とは、家人や労働者を重労働と時間から解放するためにあるものだったのだ。

東芝は、その最先端で、常に人々のニーズに応えてきた。彼らが世に送り出す製品が、人々の暮らしをより自由にしたのだ。

それこそが、電機メーカーの使命であり、社会的存在意義だった。

にもかかわらず、いつしか東芝は、ものづくりの使命感とは異なる別のミッションに情熱を注いでしまった。製造業の本分を忘れた瞬間、経営危機が襲うのは、当然の帰結だったと言わざるを得ない。

東芝の現在の姿を見るにつけ、過去の栄光があまりにもまぶしく、そしてむなしく響く。

製造業として原発ビジネスを見誤ったツケ

東芝の転落は、２００６年（平成18年）2月6日に始まったと、私は考えている。

この日、東芝は英国の国営企業・英国核燃料《BNFL》から原子力関連企業の雄、ＷＨ（米国ウェスチングハウス）を54億ドル（当時の為替レートで約６４００億円）で買収した。ＢＮＦＬが当初想定した売却額は18億ドル程度だと言われているので、東芝は3倍で買収したことになる。

日本では、東芝のＷＨ買収に喝采を送ったアナリストが多かった。なぜならＷＨは、原子力

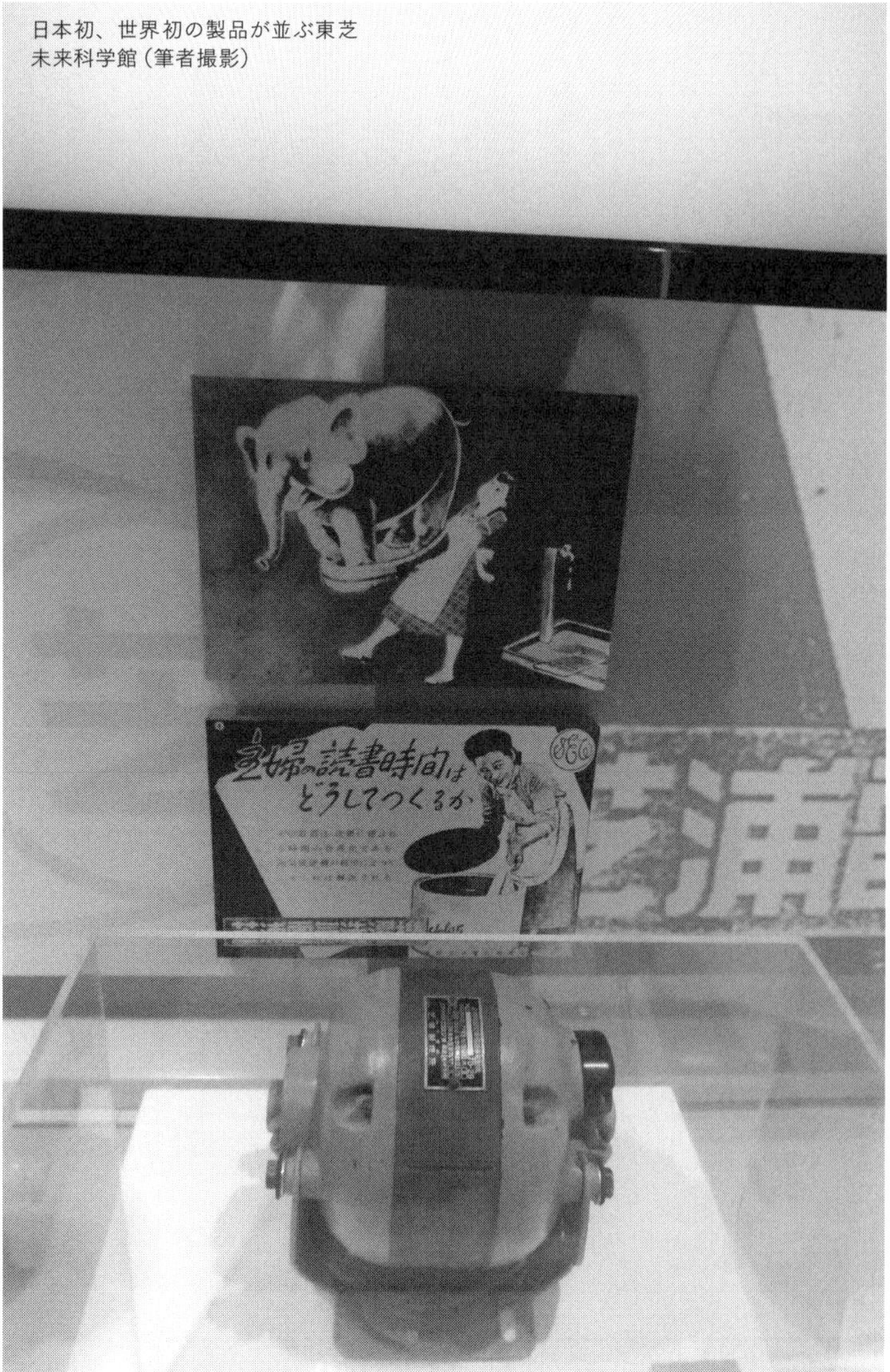

日本初、世界初の製品が並ぶ東芝
未来科学館（筆者撮影）

発電所の軽水炉の一つであるＰＷＲ（加圧水型軽水炉）を開発した企業だからだ。

近年では、ＷＨが直接携わっているのは原発の設計監理のみで、実際の建設は、ライセンス生産によって各分野で高い技術力を培ってきた企業に委ねられている。東芝が買収するまでは、三菱重工業がプラント部分のほぼ全てを、そして、基礎工事は大成建設や清水建設が担ってきた。

ところで原子炉には二つのタイプがあり、世界の原子力発電所のほとんどはＰＷＲとＢＷＲ（沸騰水型軽水炉）のどちらかである。そしてＢＷＲタイプの原発は、ＧＥ（米国ゼネラル・エレクトリック）が開発し、日立製作所と東芝がライセンス生産していた。

要するに、原発建設は、日本企業がほぼ独占受注し、世界の原発の安全を担保してきた。だが、それらは全て下請けであり、原発プラントの受注ビジネスはＷＨとＧＥの両雄が山分けし、共に大きな富を得ていたのだ。

設計から完成までの全てを自社で行うことは、日本の原発メーカーの悲願だった。だから東芝がＷＨを買収した際に関係者はみな喝采したのだ。

しかし、原発関係者は、正反対の反応を示した。

拙著『ベイジン』の取材中、「東芝は、ＰＷＲを製造するつもりでＷＨを買収したのだろうけど、それは無理」という声を何人もの関係者から聞いた。それどころか、「ＰＷＲを世界で独占的に製造している三菱重工が適正価格で買収しようとしたのを、東芝は大枚をはたいて奪取した。それによって失った国益は計り知れない」と憂う声も聞いた。

なぜか――。BWRを製造するノウハウと技術力と、PWRのそれとは全く別物だからだ。原発は核燃料を利用し、核分裂によって水を沸騰させてタービンを回す。つまり放射能汚染された水蒸気で発電するのだ。しかし、原子力潜水艦用に開発されたというPWRは、200度以上に熱した水を、蒸気発生器という強靱《きょうじん》かつ極薄の金属の配管に注入し、タービンを回すのだ。つまり核汚染されていない蒸気が電気を生む。

この蒸気発生器の製造には、豊富な知識や特殊な金属の製造技術などが必要だ。もし、その条件が満たされない場合、破断事故が起きる。実際に、関西電力美浜原子力発電所では、蒸気発生器の破断による死亡事故が過去に発生している。そうした事故も踏まえ、WHと三菱重工は改良を重ねて、他社が真似できない技術を蓄積してきたのだ。そして東芝はそのノウハウを知らなかった。

地球温暖化が問題視されたことで二酸化炭素をほとんど発生しない発電方法である原発が見直され、さらに沸騰水型より安全だというイメージもあって、世界からPWRの新規原発プラントの発注依頼が相次いでいる。WHを手に入れても、それらの新規建設が可能になれば、初

東日本大震災によって事故を起こした東京電力福島第1原子力発電所。東芝にはこの〝後始末〟をする責任も課せられている。写真は防護服を着て取材する筆者。

期投資など安いもの――。当時の東芝経営陣はそう踏んだのだろう。

しかし、WHが受注し、東芝が製造したPWR型の新規原発は、建設中を含め一基も存在しない。

結果、宝の持ち腐れとなった。

メーカーとしての技術力と実績を踏まえて、自社の製造能力をしっかり測っていれば、PWRの新規受注の独り占めなどという夢は、取らぬタヌキの皮算用だとわかったはずだ。

製造業としての本分を失い、ビッグビジネスに目がくらんだのだろうか。現在の東芝を見る限り、そう批判されても致し方ない。

経営危機に瀕《ひん》する東芝は2018年（平成30年）1月、経営破綻したWHを、カナダの投資ファンドに46億ドル（約5200億円）で売却することを決めた。

心臓部を売り払ってでも生き残る意味とは

2017年（平成29年）11月、虎の子と言われる半導体メモリー子会社を売却して、東芝は東証の上場廃止を回避した――と伝えられ、これでひと安心というムードが、市場や経済界に漂った。

天下の名門企業がこれ以上の恥をさらさないために、半導体メモリー子会社という、製造業・東芝の最後の砦《とりで》を手放すのか――。

これはとんでもない話だと私は呆れ返ってしまったが、そんな感想を抱いたのはほんの少数派のようだ。

なぜなら東芝が、生き残ったからだ。しかし、何をもって生き残ったというのだろうか。

製造業の生命線は、消費者に愛され期待される商品をつくり続けることだ。時価総額が暴落しても、ものづくりとしての本業を愚直に突き進めば、道は開けたかもしれない。

こんなごく当たり前の発想すら忘れて、東芝はただ生き残ることだけを選んだ。

産業のコメと呼ばれる半導体事業の中でも、外国企業が追随できない超高集積の先端技術を堅持して、東芝は日本の電機メーカーとしての看板を守り続けてきたはずだ。それを売り渡すのか。魂であるだけではなく、メーカーとしての心臓部を失って、明日からどうやって製造業を営むのだろうか。

国内外の関連企業を合わせると16万人の従業員を抱える巨大企業が、なすべき事業の大半を放り出してしまった。

企業には、寿命がある。人間と同様にむやみな延命は、その企業の尊厳を損なう。同時に、社会に多大な迷惑をかける。

東芝はその道を歩み始めた。

企業の価値は、時価総額だけでは決まらない

企業の価値は時価総額で決まる——と考えている経営者やエコノミストが多い。だが、時価総額はあくまでも、企業を評価するモノサシの一つであって、絶対的基準ではない。忘れてならないのは、株価の維持が企業の本分ではないことだ。自社の事業にまい進し、少しでも良い商品やサービスを提供することこそが、本業ではないか。

ところが、市場では、上手に着飾った企業が高い評価を得ている。

一方で、他者を圧倒する技術を有したり、革新的な事業を興した企業なのに、自己PRにさしたる興味を持たずにいる企業もある。そこは、アナリストから「株が割安で、愚かな企業」というレッテルを貼られる。

本業で成果を上げていれば、その企業は、株価などに振り回されることなくひたすら我が道を突き進めばいい。バブル経済がはじけるまでは、日本には、そんな企業がたくさんあった気がする。

ところが、株価こそが企業評価の生命線で、それは経営者としての評価につながるとかたくなに信じてしまう経営者が増えてしまった。

だから、東芝のような不幸が起きてしまうのだ。

さらに、彼らがそのような誤解から抜け出せないのは、グローバル経済のルールを堅守せよというムーブメントのせいでもある。

バブル経済崩壊後、グローバルスタンダードという名のアメリカンルールが日本経済を席巻し、日本は失わなくてもいい資産を奪われた。

国際化は大切だし、グローバルな視点もあるに越したことはない。ただ、何でも、世界共通だからと押しつけられた不公平なルールを信じ過ぎてしまうと、第二、第三の東芝の悲劇が起きるだろう。これからの日本経済の行く末を考えると、グローバルスタンダードなんて、やめることにする！　という気概を一度持ってみるのがいいかもしれないのではないだろうか。

形式主義を打破して本当の改革の時が来た

東京株式市場は、２０１７年（平成29年）明けてから乱高下が続いている。年度末を控える企業は、そのニュースに一喜一憂する。市場の煽《あお》りを受けて自社の株価が下がれば、時価総額への悪い影響も懸念されるからだ。

毎年売り上げを伸ばし、順調に利益を重ねることが、事業の理想だ。だが、景気変動やライバルとの競争に加え、自社ではいかんともしがたい不測の事態が企業を次々と襲う。

そうした危機に備え、生き抜くすべを張り巡らせるのは、経営者の重要な使命の一つだ。

内部統制の徹底や、ＩＲの向上、さらに社会貢献というような活動もサバイバル力の強い企業となるために重要なのは間違いない。

ただ、日本企業には、とにかく形だけを何となく整えれば、事足りるという形式偏重主義がはびこってしまっている。

「東芝問題」はその典型例だが、２０１７年（平成29年）からあちこちの企業で立て続けに起きている品質データ改ざん事件も、根底にあるものは同質だ。

「消費者が期待する以上の製品を提供する」というものづくり精神を、形式と数字でしか表現できなくなってしまった日本の製造業は、どこもかしこも絶望的な深みにはまり、自滅していく。

その構図は、ものづくりに限ったことではない。たとえば、働き方改革とは労働時間の短縮ではない。だが、そうした単純化がわかりやすいし、労働時間を短くすれば労働環境の改善がなされたように見えるから、何の疑問も抱かずまい進する。

多種多様に複雑化する仕事の本質を見ようともせず、一律に時間というモノサシだけで、労働の中身を測れるものなのかという素朴な疑問すら抱けない。この想像力の欠如も、形式主義の陥穽《かんせい》にはまっている自覚のなさゆえ生まれるものだ。

企業も社会も政治も、いの一番で改革すべきなのは、息苦しいまでに日本人をがんじがらめにする形式主義なのだ。

ィ・アール ジャパン'ール ジャパン

経営者が一喜一憂し、投資家が高笑いする
東京証券取引所（筆者撮影）

あとがき

既存の価値観を全て棄てる勇気を

今、多くの優秀な若者が、新天地を求めて日本から旅立とうとしている。「二度と日本に戻らなくてもいい」と思っている者も多い。

なぜなら、この国の未来に希望を見いだせないからだと言う。

「何かに挑戦したくても、この国では無理」

「頑張れば報われる国を探したい」

「子どもを育てるなら、外国がいい」

そんな思いを胸に日本を棄てようとする若者を引き留める術を、我々は失いつつある気がする。

ハーメルンの笛吹き男よろしく若者がいなくなり、日本は滅んでいくのだろうか。

そうは思いたくない。

若者たちだって、自分の生まれた国が嫌いで棄てるのではないだろう。生きる場所を見つけられないから、背を向けるのだ。

覚悟さえあれば、術はある——と私は確信している。

それは、若者こそが、日本の未来を切り拓く主人公であるという環境を整えることではないだろうか。

生き物全てが背負う自然淘汰という宿命と、人間は知恵を振り絞って闘ってきた。時には常識を覆すような大胆な革新技術《イノベーション》で克服してきた。

イノベーションを起こすために、先ず必要なのは、既成概念と既得権を全て放棄し、リセットすることだ。

悲惨な戦争を経験し、焼け野原から奇跡の復活を遂げられたのは、ＧＨＱの統治によって、従来の日本の価値観も否定されたからだ。

あの時は、敗戦と戦勝国による統治という外的要因で、イノベーションの場が整えられた。

だが、今度はニッポン自身がこの国の未来の希望を妨げる全ての制度やルール、何より既得権者を勇気を振り絞って排除しなければならない。

現役世代と呼ばれる50歳以上がすべて引退し、次世代に未来を委譲する勇気が求められているのだ。

これは、安倍総理が唱えている「戦後体制《レジーム》からの脱却」などという懐古主義のために、国民が犠牲になるのではない。

私が求める破壊《スクラップ》とは、未来を創造《ビルド》するためのものだ。

懐古主義を唱えるような老人こそ、この国から出て行ってもらうべきなのだ。


そして、心ある大人たちは、若者たちが新世界構築のために悪戦苦闘するのを見守り、彼らが何度でも立ち上がるために、背後から応援すればいい。

応援とは、かけ声だけではない。資金や知識を惜しみなく彼らにつぎ込み、行動は若者に委ねるという覚悟が必要になる。

その覚悟こそが、「週刊エコノミスト」で２０１６年5月から2年余り続けた「アディオスジャパン」の連載の中で問うてきたことだ。

少年よ、大志を抱け！
この言葉が再び金言となり、ハングリー精神と共に、新たなる世界を求める若者のために、我々は既存社会の崩壊を歓迎したいと思う。

２０１８年秋

真山　仁

謝辞

本作品を執筆するに当たり、関係者の方々からご助力を戴きました。深く感謝申し上げます。

お世話になった方を以下に順不同で記します。

ご協力、本当にありがとうございました。

なお、ご協力戴きながら、ご本人のご希望やお立場を配慮してお名前を伏せさせて戴いた方もいらっしゃいます。

本多由明、寺田強、山田純嗣、中島達雄、
フレデリック・マニャン、シャルル・フィリポナ、
堀江金利、水野なほ美、高橋春義、厨勝義、樋口耕太郎、松浦肇

公益財団法人　東京都スポーツ文化事業団

株式会社世界貿易センタービルディング
株式会社東京国際フォーラム
電源開発株式会社
日本銀行金融研究所貨幣博物館
株式会社横浜ＤｅＮＡベイスターズ
東芝未来科学館
株式会社河出書房新社

潟永秀一郎、金山隆一、五十嵐麻子、永上敬、谷口健、小林陽一
金澤裕美、柳田京子、花田みちの、松岡弘仁

【順不同・敬称略】
２０１８年９月
真山　仁

主要参考文献一覧（順不同）

『チャップリン暗殺　5・15事件で誰よりも狙われた男』
大野裕之　メディアファクトリー
『チャップリンの日本
——チャップリン秘書・高野虎市遺品展とチャップリン国際シンポジウム』
大野裕之・山口淑子　日本チャップリン協会
『チャップリンが日本を走った』　千葉伸夫　青蛙房

※右記に加え、政府刊行物やＨＰ、ビジネス週刊誌や新聞各紙などの記事も参考にした。

真山仁（まやま・じん）

1962年（昭和37年）、大阪府生まれ。同志社大学法学部政治学科卒業。新聞記者、フリーライターを経て、2004年（平成16年）に『ハゲタカ』でデビュー。著書に『ベイジン』『コラプティオ』『黙示』『グリード』『売国』『雨に泣いてる』『当確師』『海は見えるか』『標的』『オペレーションZ』『シンドローム』など多数ある。

◆ 真山仁　JIN MAYAMA official Home Page
http://www.mayamajin.jp/

アディオス！ ジャパン

日本《にほん》はなぜ凋落《ちょうらく》したのか

印　　刷　2018年10月1日
発　　行　2018年10月15日
著　　者　真山仁《まやまじん》
発 行 人　黒川昭良
発 行 所　毎日新聞出版
〒102-0074
東京都千代田区九段南 1-6-17　千代田会館5階
営業本部　03-6265-6941
図書第二編集部　03-6265-6746

印刷・製本　光邦

ISBN978-4-620-32547-7